英檢中級
高中英文
適用

斜槓作家教你翻譯與寫作2

林義修／著

目次

序言

　　《斜槓作家教你翻譯與寫作2》主要是為「英文程度較好之國中生、首次學習英文寫作與翻譯之高中（職）生以及全民英檢中級之考生」所寫的。筆者在以往批閱模擬考試卷以及在課輔班教學的經驗中發現：許多學生的英文文法基礎在國中時期就沒有打好，到了高中以後又有英文寫作架構的問題，所以在學習英文寫作與翻譯時往往會碰到許多障礙。因此，筆者在撰寫此書時，就針對「詞彙、文法、寫作架構與翻譯技巧」特別著墨。筆者尤其在文法與句型的部分花了許多的篇幅，因為「英文文法」不但是許多學生最頭痛的部分，而且也是「寫作與翻譯」的關鍵基礎。再者，如果句子的文法錯誤，可能就無法表達所欲傳達的語意。

　　本書最大的特點之一，就是在每篇參考範文後面均提供了「詳盡的解析」。對於授課教師而言，各位教師可以透過「解析」的部分節省備課時間。而對於一般讀者而言，即使沒有老師的講解，自己也可以透過詳細的解析來理解參考範文的內容與寫法。筆者有感於一般輔導清寒學生的公益團體沒有太多適合的教材可使用，所以自行撰寫一本「內容充實、價格平實」的英文寫作書籍，希望讓大部分的學生都能夠負擔得起「閱讀與學習」的快樂。本書可以做為學校、補習班的補充教材，也很適合做為公益團體課輔班的授課教材。當然，首次學習英文寫作與中英翻譯的一般讀者也很適合閱讀此書。

　　本書除了收錄「大考中心」的考題以及「統測外語群英語類專業科目二」的考題之外，還收錄了一篇大陸高考（即升大）的考題，另外還有難度較高的節錄自「台電招考」及「考選部」等公職考試之「其他類

考試」的試題以供參考。大考中心、統測外語群及大陸高考考題的難度差異不大；嚴格來說，統測題目的難度甚至更高，因爲統測還多了「英翻中」的項目。因此，筆者認爲：「應外科高職生」對於單字量的要求應該要和「高中生」一樣，也就是要達到7000字以上的水準，才有能力應付英文寫作與中英翻譯的考題。況且，其實「綜合科的高中生」也只要在學校或補習班再選修「商業概論」及「計算機概論」這兩科，卽可報考四技「外語群英語類」的統測，這樣除了考升大的考試以外，還比普通科的高中生多了一個可以考上科大「應用外語系」的機會。另外，考生不論碰到什麼題目，都應該盡量以「積極、正面」的心態寫作，卽使考題是屬於比較負面的議題，也要在文中提出考生個人的「建議」或所學到的「教訓」。

再者，還有一點須要注意的是：「統測的題目」只需翻譯有畫「底線」的部分卽可。筆者之所以將統測的翻譯題完整翻譯出來，是因爲吾人認爲：雖然未畫底線的部分只是用來幫助考生理解的文字，但對讀者來說也是很好的練習素材。因此，筆者就特地花了許多時間與心思將「統測的題目」翻譯成數篇「完整的短文」，而這也是本書的另一項特點。

最後，本書還收錄了兩篇「閱華書洋文集」，這部分是諺語與古文的翻譯，有些諺語與古文已有英文的譯文了，而筆者再提出不同觀點的譯文以供讀者參考。畢竟，每位翻譯的文風都不同，筆者譯文的風格則是：除了翻譯出該諺語、古文的涵義以外，還會盡可能地將原文的文字以最自然的方式融入於譯文中。

順道一提，筆者爲了確保內容的正確性而尋找參考資料時，意外發現了劉雲适、鄭光立、顏斯華等英文大師，這幾位作者也許學歷與名氣都不如大學教授，但他們的英文程度與外文系的教授相較之下，竟然是有過之而無不及！他們打破砂鍋問到底研究英文這種語言的態

度，肯定是到了手不釋卷、廢寢忘食、韋編三絕的地步了，著實令人深感敬佩。另外，本書中有許多觀點是筆者從參考書目中的著作獲得啟發而推論得出的，也希望將來有更多外文所的研究生能夠證實筆者的觀點，共同為「英文教育的進步」貢獻所學。

使用說明

1. 「文法解析」的部分是筆者歸納出來在寫作或翻譯時常用到的重點文法，但還是建議讀者要另外準備內容完整的文法書。在參考書目中所列的書籍，也是筆者所推薦的書籍。

2. 本書中所謂的「主詞、受詞、補語」等是指：這些句子成分在句子中的「功能」；而「名詞、形容詞、介係詞」等是指：單字或片語本身的「詞性」。但「動詞」在「功能」與「詞性」這兩項中的名稱都叫做「動詞」。

3. 本書常用之「英文字母」與「符號」說明：

(1) S／主（subject）：主詞。

(2) V（verb）：動詞。

(3) O／受（object）：受詞、賓語。

(4) A／Adj（adjective）：形容詞。

(5) Ad／Adv（adverb）：副詞。

(6) S.C.（subject complement）：主詞補語。

(7) O.C.（object complement）：受詞補語。

(8) L.V.（linking verb）：連綴動詞。

(9) Vt（transitive verb）：及物動詞。

(10) Vi（intransitive verb）：不及物動詞。

(11) Ved：「過去式」的動詞。

(12) N（noun）：名詞。

(13) Prep／介（preposition）：介係詞。

(14) Ving（gerund）：動名詞。

（15）Ving（present participle）：現在分詞。

（16）PP（past participle）：過去分詞。

（17）e.g.（exempli gratia 即拉丁文的 for example）：例如。

（18）此符號（/）表示：（1）「或（者）」、（2）「間隔」。

（19）此符號（...）表示：省略某些字的刪節號。

本書主要參考書目

1. 顏子高級英文法（顏斯華著，顏子文化出版社）

2. 精簡賀氏英文法（上、下冊）（賀立民著，珍愛國際有限公司）

3. 劍橋活用英語文法（中級）（Raymond Murphy 著，Cambridge University Press）

4. Azar 英文文法系列（中、進階）（Betty S. Azar 著，敦煌書局股份有限公司）

5. 分層式英文作文入門（顏斯華著，顏子文化出版社）

6. 英文名師教你征服英文作文（李宇凡著，捷徑文化）

（以上亦為推薦給「中學生」或「一般讀者」之書籍）

7. 傳世漢英-英漢寶庫（劉雲适著，漢世紀數位）

8. 新聞英文最新語彙翻譯辭典（鄭光立著，京文出版社）

9. 報章英文成語辭典（鄭光立著，京文出版社）

10. 朗文英文多功能同義字典（陳明華著，台灣培生教育出版股份有限公司）

11. 英文文法語法精奧（顏斯華著，顏子文化出版社）

12. 英文句型正解&英文文法語法用法雜談合訂本（顏斯華著，顏子文化出版社）

13. 英語用法指南（Michael Swan 著，牛津大學出版社）

14. 英文法超革命（柯維德著，文鶴出版有限公司）

15. 英文文法有道理（劉美君著，聯經出版事業股份有限公司）

16. 中翻英開跑（蘇正隆、James St. Andre 等著，書林出版有限公司）

17. Open Your 中英互譯邏輯腦（連緯晏、Matthew Gunton 著，立得文化）
18. 英中筆譯1（廖柏森、游懿萱等著，眾文圖書股份有限公司）
19. 中英筆譯（廖柏森、游懿萱等著，眾文圖書股份有限公司）
20. Great Writing（Keith S. Folse 著，Cengage Learning）

（以上亦為推薦給「高階英文學習者」或「英文教師」之書籍）

本書考題引用之網站：

1. 財團法人大學入學考試中心基金會：http://www.ceec.edu.tw/
2. 財團法人技專校院入學測驗中心：

   https://www.tcte.edu.tw/page_new.php
3. 台灣電力公司：https://www.taipower.com.tw/tc/index.aspx
4. 考選部：https://wwwc.moex.gov.tw/main/home/wfrmHome.aspx
5. 精品學習網（大陸高考考題）：

   http://www.51edu.com/gaokao/list_zixun_1_1

本書主要參考線上辭典：

1. OneLook Dictionary Search：https://onelook.com/
2. Collins Online Dictionary：https://www.collinsdictionary.com/
3. Macmillan Dictionary：https://www.macmillandictionary.com/
4. Cambridge Dictionary：https://dictionary.cambridge.org/
5. Wiktionary：https://en.wiktionary.org/wiki/Wiktionary:Main_Page
6. THE FREE DICTIONARY：https://www.thefreedictionary.com/
7. Longman Dictionary of Contemporary English：

   https://www.ldoceonline.com/

8. Oxford Learner's Dictionaries：

https://www.oxfordlearnersdictionaries.com/

9. OZDIC.COM-English collocation dictionary：https://ozdic.com/

10. Yahoo 奇摩字典：https://tw.dictionary.search.yahoo.com/

文法解析

(1) 時態 ＝ 時間 ＋ 狀態：英文的時態其實是由「三個時間」與「四種狀態」所結合而成的，所以英文一共會有**12**種時態。

時間：過去、現在、未來。

狀態：簡單式、進行式、完成式、完成進行式。

1. 簡單式：說明動作發生的時間，表達簡單的時間概念。

2. 進行式（be ＋ Ving）：（指「暫時」的動作，說明動作的「進行」狀態）正在 …、一直在 …。

3. 完成式（have ＋ PP）：（表示在「一段時間」內發生的經驗、事件）已經 …、曾經 …。

4. 完成進行式（have ＋ been ＋ Ving）：表示在一段時間內一直 … 且「可能」會繼續下去。

(2) **雙賓動詞**：**give, show, lend, buy, write, leave, tell, ask, wish, sell, owe …**

S ＋ Vt ＋ sb ＋ sth

＝ S ＋ Vt ＋ sth ＋ 介 ＋ sb

（**sb ＝ somebody / sth ＝ something** / 賓語 ＝ 受詞）

(3) 連綴動詞 Linking Verbs（L.V.）：

S ＋ ┬ (1) Be ＋ **S.C.（主詞補語）**
      ├ (2) 與知覺有關的動詞（V）
      └ (3) 表轉變、似乎等動詞（V）

1. Be ＋ (1) 形容詞（Adj） (2) 名詞（N） (3) 介＋N
  (4) 副詞（adv）
2. 與「知覺」有關的 V（… 起來）：look, feel, smell, sound, taste … ＋
  (1) Adj (2) like＋N
3. 表「轉變、似乎」等 V：become, get, seem, appear … ＋ (1) Adj（此意
  義的 get 後面僅可接形容詞） (2) N

(4) S＋Vt＋O＋O.C.（受詞補語）：
Vt（此處的及物動詞）＝1. 感官動詞（V）、2. 使役動詞（V）。

1. 感官 V：┬ 看：see, watch, look at … ＋O＋ ┬ (1) Ving
        ├ 聽：hear, listen to …   ├ (2) 原 V
        └ 感覺：feel …   └ (3) PP

  （感官動詞有**看、聽、感覺**等動詞，而其**受詞後面**可用以下**三種
  詞性：1. Ving**（強調**動作正在進行**，指**部分過程**） 2. 原 **V**（強調
  動作的**整個過程**或**事實**） 3. **PP**（表被動）

2. 使役 V：1. make / have ＋O＋ (1) 原 V（主） / (2) PP（被）
      2. let ＋O＋ (1) 原 V（主） / (2) be＋pp（被）
      3. get ＋O＋ (1) to＋v（主） / (2) PP（被）

  （1.「使役動詞與感官動詞」的「受詞」後面若是用原 V，則「原形動
  詞」是單純表達「該動作」的概念。2. make 作爲「**使役動詞**」時，「受

詞」後面的「受詞補語」須視意義而定，用「原形動詞」或「過去分詞」，但 make 作為「**不完全及物動詞**」時，「受詞補語」則須視意義而定，用「名詞」或「形容詞」。）

(5) 與花費（時間／金錢）有關的動詞（V）：

1. cost：(1) sth + cost + sb + 金錢

        (2) It + cost + sb + 金錢 + to + v …

2. spend：(1) sb + spend + 時間／金錢 + Ving …

         (2) sb + spend + 時間／金錢 + on + sth

3. take：(1) It + take + sb + 時間 + to + v …

      (2) Ving … + take + sb + 時間 …

      (3) sb + take + 時間 + to + v …

        （take 可用「人」為主詞，但此用法較少見）

(6) used to 的用法：

1. S + used to + v …：以前 …、過去（常常）…。

 (1)（疑問句）Did + S + use to + v …?

 (2)（否定句）S + didn't use to + v …

2. S + be／get used to + N／Ving …：習慣 …（了）。

  = S + be／get accustomed to + N／Ving …

（有的書會寫 be used to + N／Ving … 是「現在的習慣」，而 used to + v … 是「過去的習慣」，但這樣只會讓人更容易混淆，其實 used to + v … 就是「以前（會）…、過去（常常）…」之意。）

(7) 表達「未來」之句型：

1. S + will + v …（1. 指「**說話當下**」才決定之事、2. 對未來的「**主觀**」預

測。）

2. S + be going to + v（1. 早已有的**計畫**或**決定**、2. 根據「**客觀情況**」對
未來所做的**預測**。）

3. S + 現在進行式 + **時間 adv**（現在進行式：**先前**已有所**準備**或**安排**
之事。）

4. S + V（現在簡單式：指日曆中的日期或行程表、時間表所排定的
未來事項。）

5. S + be + to + v + **時間 adv**（(be 動詞爲現在式)指人們未來將要、預
定、應該做的事。）

（雖然我們的課本都有未來式，但有學者指出：英文這種語言其實**並
沒有**未來式這種時態，因爲**英文的未來式**其實是由「**語意**」來表達
的，而由於是由語意來表達未來之意，所以至少有上述五種**不同意義**
的未來式表達法。若跟「**過去式**」來比較，一般的過去式動詞是在動
詞的字尾加-ed，所以**動詞的字形會改變**。另外，現在式「第三人稱單
數」的動詞大多也是在字尾加**-s** 所形成的。在此順便說明一下**爲何**「第
三人稱單數的動詞要加-s」，因爲「語言」就是「人類面對面溝通」的工
具，最直接的參與者就是「第一與第二人稱」雙方，所以當提到**第三人
稱**時，所指的則是**不屬於**對話情境中的人物，所以必須在**動詞**上加
以**標示**。）

(8)「情態助動詞加完成式」表「**過去**」時間：用於對「**過去事件**」的推論
或陳述。

（可能性：may（50 ％）> might（40 ％）> could（30%））

1. could + have + pp：當時可能 ...、當時 / 本來可以 / 能夠 ...。

2. **couldn't** + have + pp：當時不可能 ...。

3. may / might + have + pp：當時可能 ...。

4. would + have + pp：當時（就）會 ...。

5. should + have + pp：當時應該 ...。

6. must + have + pp：當時一定 ...、一定已經 ...。

(9) 有可能發生之條件句：「條件句」的「if 子句」指「有可能」發生的事，而「主要子句」則是對 if 子句的條件「達成」時所作出的「推論或陳述」，通常會有「**現在式助動詞**」（但若要表達「應該」時，**通常還是用 should**，因為 **shall** 只用在非常**正式**及**強制性**的語氣中）。if **條件句**的時態通常為「**現在簡單式**」，但若是發生在**過去**的事，條件句的時態也可以使用「**過去式**」。

1. If + S + 現在式 V ... , S + 現在式 V ...（指**必然發生的結果、科學現象、自然現象**）。

2. If + S + 現在式 **V** ... , S + **現在式助動詞** + 原 V ...

(10)「**非真實狀況**」的假設語氣：「假設語氣」的關鍵是其「動詞時態」皆須「向後退一步」，以表「與事實相反」之情況。「假設語氣」的「**if 子句**」為非真實狀況的假設，而「主要子句」為推論或陳述。

1. If + S + **were** / Ved ... , S + would / could / should / might + v ...
（與「**現在**」事實相反：if 子句用「**過去式動詞**」，主要子句用「**過去式助動詞**」＋ 原 **V**。）

2. If + S + **had** + **pp** ... , S + would / could / should / might + **have** + **pp** ...
（與「**過去**」事實相反：if 子句用「**過去完成式**」，主要子句用「**過去式助動詞**」＋「**完成式**」。）

(11) Wish 假設語氣之用法：

1. 與「**現在**」事實相反：

   S + wish + (that) + S + **were** / Ved …

2. 與「**過去**」事實相反：

   (1) S + wish + (that) + S + **had** + **pp** …（…（真）希望 … **當時** …）

   (2) S + wish + (that) + S + **could** + **have** + **pp** …（…（真）希望 … **當時可以 / 能夠** …）

3. 表達「**現在或未來**」**實現機率**可能**不高**之事或用於**抱怨、客氣請求**之語氣：

S + wish + (that) + S + **could / would** + 原 **V** …（…（真）希望 … 能夠 (could) / 會、願意(would) …）

(12) 名詞子句（第2、3、4點又稱作間接問句）：名詞子句可當主詞、受詞、補語、同位語。

1. that + S + V …（此句型若是放在「句首」當「句子的主詞」，則 that 不可省略。）

2. wh-疑問詞 + S + V …（wh-疑問詞指：what / where / when / why / who / whom / how。）

3. **what / who / which** + V …（這三個「wh-疑問詞」同時兼具「主詞」與「連接詞」的「功能」。）

4. whether / if（是否）+ S + V …（此句型若是放在「句首」當「句子的主詞」時**不可**用 if。）

（以上的「that / wh-疑問詞 / whether / if」均是「名詞子句連接詞」。另外，「名詞子句」是在敘述「一件事」，因此若是當「主詞」時一律視為「單數」。）

(13)「不定詞」（**to + v**）與「動名詞」（**Ving**）之區別：

1. v（先）+ **to + v**（後）：不定詞 to + v ... 表「目的」：要、去、
   （可）以、爲了、（用）來 ...。

2. v + Ving：

  （1）「**動名詞**」（**Ving**）爲前面動詞（V）的「**受詞**」（**O**）。

  （2）動名詞（Ving）可能表示：正在做 ...、之前做過 ...、平常或長
     期在做 ...。

(14) 表「目的」之用法：視「搭配詞」而定，以 **to + v** 或 **for + n** 爲主。

1. to + v ...：要 ...、去 ...、（可）以 ...、爲了 ...、（用）來 ...。

2. for + n：爲了 ...。

3. for + Ving：用來 ...（只可表示「某物的用途」，**不可**表示某人行爲
   的目的）。

(15) be + Ving 的三種結構：

1. be + Ving（現在分詞）e.g.: He is swimming in the pool.（進行式）

2. be + Ving（「現在分詞」當形容詞）e.g.: The book is interesting.（「形
   容詞」作「主詞補語」）

3. be + Ving（動名詞）e.g.: My favorite pastime is jogging.（「動名詞」
   作「主詞補語」）

(16) 動詞 like 之細微差異：

1. like + Ving ...：（平常）喜歡 ...。

2. like to + v ...：（個別場合的選擇）喜歡 ...。

3. don't like to + v ...：不喜歡 ...、不想要 ...。

4. would like to + v ...：（禮貌地提出請求或建議）想要 ...。

(17)「也」的說法：

1. S + V … , and + S + V … , too.（肯）

2. S + be / 助 + not + V … , and + S + be / 助 + not … , either.（否）

3. S + V … , and + so + be / 助 + S.（肯）（倒裝）

4. S + be / 助 + not + V … , and neither + be / 助 + S.（否）（倒裝）
（be = Be 動詞 / 助 = 助動詞）

(18) 介係詞 worth：

介係詞 worth 是「值 … 錢、值得 …」的意思，worth 後面會接「名詞」（N）或是「動名詞」（Ving）。雖然大部分字典都將 worth 標示為形容詞（adj），僅有少數字典將此字標為介係詞（prep），但 worth 這個字依其用法，其詞性應該是「介係詞」。

e.g.: 1. This picture is worth 10,000 dollars.

2. The book is worth reading.

3. The future development of this project is worth attention.

(19) 介係詞「除了 …」之用法：

1. apart / aside from … ：(1) 除了 … 還 …（＋）、(2) 除了 … 之外（別無）（－）

2. besides … ：(1) 除了 … 還 …（＋）、(2)（在「否定字」之後）除了 … 之外（別無）（－）

3. in addition to … ：除了 … 還 …（＋）

4. other than … ：除了 … 之外（－）

5. except（for）… ：除了 … 之外（－）（在 **all, any, no, every** 等字之後的名詞，except 及 except for 皆可用。另外，except for 可置於「句首」，但 except 則不可。）

(20) 一 ... 就 ...（**immediately after ...**）：指某事發生後，另一件事馬上發生。

1. On / Upon + N / Ving ... , + S + V ...

2. As soon as + S + V ... , S + V ...

   e.g.: You will be shocked as soon as you touch the wire.

      你一摸到那條電線就會觸電。

3. The moment / minute / instant + S + V ... , S + V ...

4. S + **had** no soon**er** + **PP** ... + **than** + S + **Ved** ...

   = No soon**er had** + S + **PP** ... + **than** + S + **Ved** ...

   e.g.: He had no sooner hurried to the platform than the train drove away.

      他一趕到月台，火車就開走了。

5. S + **had** hardly / barely / scarcely + **PP** ... + when / before + S + **Ved** ...

   = Hardly / Barely / Scarcely + **had** + S + **PP** ... + when / before + S + **Ved** ...

(21)「導致、引起、促成」之用法：

1. result in ...（強調負面結果。）導致、造成 ...。

2. lead to ...（指客觀的可能性。）導致、引起 ...。

3. bring about ...（指帶來某種變化。）導致、引起、產生、造成 ...。

4. contribute to ...（指負面結果。）導致、造成、（指正面結果。）促成 ...。

(22) even if 與 **even though** 之區別：

1. Even if + S + V ... , S + V ...

   （即使 ...、就算 ...，指無論某事是否「可能」發生，也不會改變另

一個事實。）

2. Even though + S + V … , + S + V …

（雖然 …、儘管 …，指雖然某事「已經」發生，也不會改變另一個
事實。）

(23) S + V … Ving … 的三種結構（此處的 Ving 爲「現在分詞」）：

（1）S + V … Ving …（指主詞的兩個動作「同時」進行。）

　　e.g.: 1. He stood there smoking.

　　　　　2. He ran out of the abandoned house screaming. 他當時從那
　　　　　間廢棄的房子叫著跑出來。

（2）S + V … Ving …（V 的動作發生在「Ving 的動作」進行時，且
「連接詞」若保留，則「語意」較清楚。）

　　e.g.: Kevin hurt his left arm （while） playing tennis.

（3）S + V … Ving …（V 爲「感官動詞」，而 Ving 爲「受詞補語」。）

　　e.g.: I felt the ground shaking.

**(24) 形容詞子句：由「關係代名詞」或「關係副詞」所引導的子句，以修
飾前面的名詞，故具有「形容詞」的功能（關係代名詞 = 代名詞
+ 連接詞）／（關係副詞 = 副詞 + 連接詞）。**

1. 關代形容詞子句：名詞 + 關代 + (S) + V + (O)（關代所代替的先行
詞可能是 S 也可能是 O）

2. 關副形容詞子句：名詞 + 關副 + S + V …（關副所代替的先行詞是
原因或時間、地方副詞）

先行詞	關係詞
人	who（主）/ whom（受）
事 / 物	which

時間	when
地點	where
原因（reason）	why
人 / 事 / 物 / 時間 / 地點 / 原因	that

(25) 形容詞子句之補述用法：關係詞之前若有「逗號」，則爲形容詞子句的「補述用法」，逗號後面只是用來「補充說明」的資訊。

1. 名詞 , 關代 +（S）+ V +（O）

2. 名詞 , 關副 + S + V ...

（若關係詞爲 that，則**沒有**補述用法，因爲 that 前面**不得**有逗號）

(26) 逗號加 **which** 的用法：

S + V ... , which + V ...

which 指的可能是：1. which 指前面的**名詞**、2. which 指前面的**子句**、3. which 指前面的**不定詞片語（to + v ...）**。

(27) 分詞構句：當前後子句的「主詞」意義相同時，可將「有從屬連接詞的子句」的主詞（S）去掉，再將「動詞」（V）改爲「分詞」(V → Ving / be pp → pp)。另外，若是「對等連接詞」就必須省略，但「從屬連接詞」通常都可視「意義需要」而決定去留。

1. S + V ... , **Ving**（主）/ **PP**（被）...

2. **Ving**（主）/ **PP**（被）... , S + V ...

以上兩個句型說明如下：

（1）「現在分詞片語」（Ving ...）補充說明主要子句的**主詞**。

e.g.: 1. **John** immediately took out his cell phone, **and he called** the police to report a crime.

可改寫爲：**John** immediately took out his cell phone, **calling** the
police to report a crime.

2. **When he saw** his father regain consciousness after days in a coma,
he breathed a sigh of relief.

可改寫爲：**Seeing** his father regain consciousness after days in a
coma, **he** breathed a sigh of relief.

(2)「過去分詞片語」（PP ...）補充說明主要子句的主詞。

e.g.: 1. **Because he was** overwhelmed by too much work, **he** felt
exhausted after work.

可改寫爲：**Overwhelmed** by too much work, **he** felt exhausted after
work.

2. **John** saw a shooting case on the street last night, **so he was**
deeply **shocked** by the frightening scene.

可改寫爲：**John** saw a shooting case on the street last night, deeply
shocked by the frightening scene.

(28) 獨立分詞構句：當前後子句的主詞意義不相同時，也可將「連接
詞」去掉，而將「原本有連接詞的子句」的主詞（**S**）保留，再將
動詞（**V**）改爲「分詞」（**Ving** / **PP**），以補充說明「主要子句」，
所以「獨立分詞構句」與「主要子句」之間必須具有明顯的「邏輯關
係」。

1. S + V ... **, S** + Ving / PP ...

2. S + Ving / PP ... **, S** + V ...

e.g.: 1. The weather **(S)** being **(Ving)** fine, we **(S)** decided **(V)** to go
window shopping.

2. Our house **(S)** broken into **(PP)** while we were away, we **(S)**

called **(V)** the police.

(29) 動詞的單、複數與「主詞 A」一致：中間的介係詞片語的內容通常
　　 都比較不重要，僅是用來補充說明前面名詞的修飾語。因此，
　　 動詞的單、複數必須與 **A** 一致。

A　＋ ┌ , along with B , ＋ V …
　　　│ , together with B ,
　　　└ , as well as B ,

(30) 名詞的「後位修飾」：後位修飾之片語、子句為該名詞的「必要」資
訊，用以直接「標示」出其所指的名詞為何，因此不得以逗號隔開。

名詞 ＋ ┌ (1) 名詞
　　　　│ (2) 介＋N（介係詞片語）
　　　　│ (3) to＋v …（不定詞片語）
　　　　│ (4) 形＋介＋N（形容詞片語）
　　　　│ (5) 現在分詞（Ving）（主）/ 過去分詞（PP）（被）…
　　　　│ 　　（分詞片語）
　　　　└ (6) 形容詞子句

(31) Not … until …（直到 … 才 …）：
1. S＋助＋not＋原 V … ＋until＋S＋V …
2. Not until＋S＋V … ＋**助**＋S＋原 V …（倒裝句）
3. **It**＋**be**＋not until＋S＋V … ＋**that**＋S＋V …（強調句）

(32)「英文逗號」之基本功能：**1. 分隔、2. 補充說明。**

1. 逗號將「對等子句」分開：「兩個獨立子句」可以用「逗號」與「**對等**連接詞」連接成「一個句子」。對等連接詞前後的兩個子句之間彼此獨立、互不隸屬，因此**並無**主從句之關係。

   S＋V … , **對連**＋S＋V …

2. 名詞的「後位修飾」：「第一個逗號後的內容」只是用來補充說明「前面名詞」的文字，因此用兩個逗號與「其前（後）重點內容的文字」做出區隔。逗號間之文字為較不重要的資訊，若省略對「句意」的影響不大。若「該名詞」在「句尾」，則**不標示**第二個逗號，直接標示「句號」。

名詞＋
- (1) , 名詞 ,
- (2) , 介＋N ,（介係詞片語）
- (3) , to＋v … ,（不定詞片語）
- (4) , 形＋介＋N ,（形容詞片語）
- (5) , 現在分詞（Ving）（主）/ 過去分詞（PP）（被）… ,（分詞片語）
- (6) , 形容詞子句 ,

e.g.:

(1) Jade Mountain,（which is）（located / situated）in Taiwan, is the highest mountain in East Asia.

（1. 若 which is＋adj 都保留，就是「形容詞子句」。2. 若 which is 省略，就是「形＋介＋N」。3. 若連形容詞也一併省略，就是「介＋N」。）

(2) Lebron James has achieved his goal,（which is）to win an NBA title.

（1. which is 可省略，變成「不定詞片語」。2. 因為被修飾的名詞

（goal）在「句尾」，所以後位修飾的子句或片語**不標示**第二個逗

號，直接標「句號」。）

3. 逗號加「**從屬連接詞**」：主要子句的逗號後面**被隔開**之「從屬子句」，

僅用來補充說明前句。

　S＋V … **, 從連** ＋ S ＋ V …

4. 英文逗號的「分隔作用」在「口語」中，就是以「稍微停頓」的方式表達

之。

(33) wh-關係詞與 that 關係詞之「細微」差異（以關代 which 為例）：

1. 關代 **which** 所指涉的是涵義「**較小、較明確**」的名詞：which 是一種

範圍「**較特定**」的指涉用法。換言之，which 所指涉的先行詞「較特

定、明確」。因此，which 只能指「事或物」，而且在「**逗號**」或是「**介**

係詞」後面的關代也必須用 which，**不可以用 that**，因為 which 所

指涉的必須是「意義很明確」的對象。其實，不只是 which 而已，

只要是 **wh-**開頭的**關代**或**關副**，都是用來指涉「較特定、明確」之

先行詞的關係詞。

2. 關代 **that** 所指涉的是涵義「**較大、較模糊**」的名詞：that 是一種範圍

「**較廣泛**」的指涉用法。換言之，that 所指涉的先行詞「較不特定、

不明確」。說明如下：

（1）that 可以指「**人、事、物、時間、原因**」，that 的指涉意義範圍較

wh-關係詞廣泛；因此，不只是「關係代名詞」，甚至連指**時間**

與原因的「**關係副詞**」也涵蓋在 that 的指涉範圍之內。

（2）如果先行詞是「人加**物**（或動物）」，關代也只能用指涉範圍較

大的 that。

　　e.g.: Do you remember the little boy and his pet dog that we met in

Taichung?

　　（此句的先行詞有人又有動物，關代必須用指涉範圍較廣泛、模糊的 that。）

（3）若在關代之前出現 **all**、**every**、**some**、**any**、**few**、**little**、**no** 等指涉意義「較廣泛」或「較模糊」的字眼，關代同樣只能用 that，因爲 that 的指涉範圍可以從「**極大**」到「**極小**」。

　　e.g.: There are still some things that you can do to change the unfavorable situation.

　　你還是可以做一些事情來改變這個不利的局面。

　　（在關代 that 前面有 some 這個字，這是一個屬於範圍較廣泛、模糊的字眼。）

以上這些例子就是因爲 that 具有「模糊的空間」，所以可以運用其「指涉廣泛」的特性來修飾先行詞。

3. 在「美式英語」中，「限定子句」較常用 that，很少用 which。

　　e.g.: This is the bike which / that I lost before.

　　（不論是英式或美式英語，對於意義「較單純」的指涉對象，用 which 或 that 的差異不大。）

(34) 應該使用關係詞 that 的情況：

1. **the** + **only** / **very** / **same** / **first** / **last** / 序數 / 最高級 ... 等 **adj** + **N** + that + S + V ...：以上這些都是「**指涉性較強**」且具有「**特殊意義**」的形容詞（adj），因爲「**該先行詞**」已經由其「形容詞」說明其「特定意義」了，已經夠**明確**了，所以應該使用 that。

　　e.g.: (1) Today is **the last day** that I teach your class. 今天是我教你們班的最後一天。（前面有特殊意義的形容詞 last，**關係副詞要用 that 代替，不可用原本的關副 when**。）

(2) This is **the very house** that he lives in. 這間就是他所居住的
房子。

（前面有特殊意義的形容詞 very，關代要用 that。live 是不及
物動詞，後面須接介係詞 in。）

2. It + be + **強調部分** + that + S + V ...（**強調句**，又稱「**分裂句**」）：分
裂句是將「要強調的部分」放在 be 動詞的後面，重點已經夠「清楚、
明確」了，所以關係詞通常都會使用 that。（先行詞是人時也可以
用 who。）另外，be 動詞的時態要與原本的直述句時態一致。

e.g.: (1) It is **I** who / that am to blame for the mistake.
該為這個錯誤受責備的人「就是」我。（強調是我(I)**而不是**
別人。）

I am to blame for the mistake. 我該為這個錯誤受到責備。
（直述說法）

(2) It was **in a pub** that I saw Tom.
我當時「就是」在一間酒吧看到 Tom 的。
（強調是在酒吧(in a pub)**而不是**在其他地方。）
I saw Tom in a pub.（直述說法）

3. **避免**「重複使用」時用 that：當關代之前出現 which / who 等字而避
免重複使用 which 或 who 時，關代要用 that。

e.g.: **Which** is the coat that you bought yesterday**,** the black one or the
white one?
（此疑問句用 which 這個字開頭，所以關代用 that。）

(35) that 引導名詞子句與 **that** 引導形容詞子句之區別：

N + that + ⎡ 1. S + V ...（名詞子句）
⎣ 2. (S) + V + (O) ...（形容詞子句）

（1）**名詞子句**的結構**完整**：一個句子的結構是否完整，關鍵在於**動詞**。若是**及物動詞**，則必須接**受詞**，但若是**不及物動**詞，則不得接受詞。不及物動詞若要接受詞，必須先接**介係詞**。

（2）**形容詞子句**的結構則可能缺**主詞**或**受詞**：形容詞子句的**關代 that** 所代替的**先行詞**可能是主詞也有可能是受詞，所以形容詞子句會缺主詞或受詞，但所缺的名詞會由關代 that 代替。

（3）若該名詞後面是「**形容詞子句**」，則可拆解成**兩個**具有「**共同意義的名詞**」的句子；但若該名詞後面的「**名詞子句**」是「**同位語**」，即使是拆解成兩個句子，也**不會**有共同的名詞。

(36) It is … that … 的兩種結構：

1. **It was** Mary **that** witnessed the accident yesterday.（此為「**強調句**」，關代用 that 代替 who，所以這個 that 所引導的子句為「**形容詞子句**」。）

   直述句：Mary witnessed the accident yesterday.

2. **It was** a shame **that** you couldn't come to the party.（it 是「**虛主詞**」（虛 S），that 子句則是「**真主詞**」（真 S），所以這個 that 所引導的子句是「**名詞子句**」。）

   直述句：That you couldn't come to the party was a shame.（此寫法是「that 名詞子句」直接當「句子的主詞」，但這是一種「頭重腳輕」的寫法，因為主詞太長。另外，此句型的 that **不可省略**。）

(37) many / much / most 的用法：

1. 不加 of：many / much / most + 名詞（N）
2. 加 of：many / much / most + of + **冠詞** / **指示形容詞** / **所有格形容詞** + 名詞（N）

(38)「原形動詞」的用法：原形動詞（動詞「最原始」的狀態）是單純表達「該動作」的概念。

1. 以「原形動詞」開頭的句子為「**祈使句**」：表命令、建議、勸告、請求。

   e.g.: **Open** the door, please.（表「打開」的動作。）

2. 在 **All (that) / What + S + should + do + is (to) +** 原 **V** 的句型中，若是 **to + v** 的話，意味著：主詞（S）「會不會做」或未來「何時做」不定詞後面的「**動作**」都是「**不確定**」的。然而，若是直接接「**原形動詞**」，意思是：要主詞「現在」馬上做該動作，或者該動作「越快發生越好」，所以非常類似「**祈使句**」的語氣，因為「原形動詞」是帶有單純表達「**該動作**」的概念。

   e.g.: (1) **All that you need to do** is **to** pay the money when the goods arrive. 你要做的事情就是：在貨物到的時候**要**付錢。（不定詞表示「**未來要做的事**」。而關代前面有 all 這個字，因此必須用 that 這個關代。）

   (2) **What you should do** is **quit** smoking. 你應該做的事情就是：戒菸。（表「戒菸」的動作。）

   (3) **All you need to do** is just **look** after our son for a moment while I am away.
   你所需要做的就只是：在我不在的時候照顧兒子一下而已。（表「照顧」的動作。）

3. S + **使役 V / 感官 V** + O + 原 V：此處的「原形動詞」是表達「**受詞所做的動作**」的概念。

   e.g.: (1) I **made** him **repay** me the money. 我要求他還我錢。（原形動詞 repay 表「還錢」的動作。）

   (2) I **saw** Tom **walk** into Wendy's house yesterday!（原形動詞

walk 表示「走」的動作。）

4. 然而，動詞 help 則是一個較特別的**例外**（**help** + O +（to）+ **原 V**）：help 的「受詞」後面原本**應該**要接「不定詞片語」，但是因為該不定詞 to 已經**失去**其表「目的」的意涵了，僅具有將「主要動詞 help」與「不定詞的動詞」**分隔**的基本結構功能，所以該不定詞 to 可以省略。因此，help 的受詞後面**有沒有**不定詞 to **皆可**，因為「該不定詞片語」僅具有「**原形動詞**」的意涵。

e.g.: (1) Please help me (to) move the stone away. 請幫我把石頭搬開。（表「搬開」的動作。）

(2) I helped Oscar (to) clean the house yesterday. 我昨天幫 Oscar 打掃房子。（表「打掃」的動作。）

(39)「不及物動詞」的「被動」語態用法：

一般而言，只有「及物動詞(Vt)」才有被動語態的用法，因為及物動詞可以直接接「受詞(O)」，但不及物動詞(Vi)若要接受詞，則必須先接介係詞，才可以接受詞；因此，「不及物動詞」加「介係詞」就可以有「被動語態」的形式。主動語態改為**被動**語態時，原本的**主詞**與**受詞**也必須**相互對調**。

e.g.: A charity **looks after** this child.（主動）（look 是不及物動詞，after 是介係詞。）

= This child **is looked after** by a charity.（被動）（is（be）+ looked（pp）+ after（介），此為不及物動詞的被動語態。）

(40)「現在簡單式」（簡稱「現在式」）的基本用法：敘述一件事。

1. **現在簡單式**其實是一種「**不強調時間概念**」的時態：如果一個句子在**過去**、**現在**或**未來**說都可以成立，表示這個句子是在「說明一件

事」，只要說話者**沒說謊**，這個句子就是一個**事實**。

e.g.: (1) I come from the UK.（即使來（come）這個動作在過去已經結束了，但只要說話者真的是英國人，這個句子就是在「陳述事實」。）

(2) Water freezes if it reaches 0 degrees Celsius.（「如果水的溫度達到攝氏零度就會結冰」這句話不論在過去、現在或未來「**任何一個時間點**」說，都可以成立。）

2. **現在簡單式**表示「未來」：這其實是陳述一個「**未來的事實**」，或是敘述一件「**未來的事**」，而所謂的「未來時間」，則以「**說話的時間點**」開始算起。

e.g.: (1) Tomorrow is Wednesday.（只要「日曆」上**真的**顯示「明天」是星期三，這句話就是在「陳述未來的事實」。）

(2) I will tell him the message when / if he comes tomorrow.（一般的文法書說 when 子句要用現在式代替未來式，其實 **when 子句**只是在「**敘述一件未來的事**」；若是改用 if，則 **if 子句**是在「**敘述一件未來可能發生的事**」；而主要子句則是「對未來的陳述或推論」。）

(41) **狀態動詞**（又稱「**靜態動詞**」）：有些動詞是描述「感覺或狀態」，通常會用「現在簡單式」，因為是在「敘述一件事」。這類動詞的形式通常是用「簡單式」，也有可能用「完成式」，但不得用進行式（「進行式」主要是用於「可以主動或刻意為之的動作」）。

1. 有些動詞如：think, promise, like, believe, understand, wish … 等描述「**內心狀態**」或表達「**意見**」的動詞不得用**進行式**，因為這些動詞的意義是表達「**無法持續**」的動作。我們用中文講這類動詞的時候**也不會**用進行式（中文**也不能**說：我正在保證、我正在認為、我正

33

在（真）希望 …），但若該動詞的意義是「**可持續**」的動作時，則可用「**進行式**」，所以可以用中文來判斷。

e.g.: (1) I promise I will pay the money back.（promise 只能用簡單式，至於說話者是否會還錢，聽者並不能確定，因為說話者也許是在說謊，所以這句話只是在「表達一件事」而已。）

(2) You promised to help me.（promised 只能用簡單式，但「時間」可以是「過去」（指之前答應過），甚至可以用「完成式」（have promised … 曾答應過 …））。

(3) I don't think you should give up.（think 表：認為，用簡單式。）

(4) I am thinking about studying abroad.（think 表：思考，為**可持續**的動作，故可用**進行式**。）

(5) I **wish** I **were** rich.（主要子句的動詞 wish 表：（真）希望 …，只能用簡單式，至於「名詞子句」裡的動詞因為是與「**現在**事實」**相反**的**假設語氣**，所以 be 動詞必須用 **were**。）

2. 表「感覺」的動詞如：see（看到），hear（聽到），smell（聞到），這些動詞本身**並非**有意的動作，通常**不用**進行式。另外，表「狀態」的動詞如：belong（屬於），contain（包含），need（需要），owe（欠），own, have, possess（擁有），seem, appear（看起來好像）以及 be 動詞通常**也不會**用進行式。

e.g.: (1) Do you smell something burning？（smell 描述感覺，須用簡單式。）

(2) You seem to have something on your mind.（seem 描述狀態，須用簡單式。）

(3) She was a professor in her younger days.（was 爲 be 動詞，須用簡單式。）

(4) He is being stupid.（他在耍笨。此句用**進行式**(is + being) 是指現在「**刻意爲之**」的表現。）

(42) 否定轉移：S1 + don't + V1（that）S 2 + V2 …

若「**主要子句**」的動詞是 think, suppose, believe, expect, seem, appear … 等表達「**看法或推論**」的動詞，「**名詞子句**」的否定詞 **not** 通常都會放到「**主要子句**」中。not 轉移的主要目的是爲了婉轉表達「**主詞1**」（**S1**） 的想法，所以這通常是一種比較「**禮貌、委婉**」的講法。

e.g.: 1. I **don't** think this movie is interesting. = I think this movie is **not** interesting. (後句較直接)

2. It **doesn't** seem that he is telling the truth. = It seems that he is **not** telling the truth.

(43) 副詞當形容詞之用法：

「**時間**或**地方副詞**」若放在「**名詞**」後面，其「**功能**」等於「**形容詞**」，因爲這裡的副詞是用來直接修飾前面的名詞的，舉例如下：

（1）The students this year are better than the ones last year. 今年的學生比去年的好。（時間副詞 this year 當「形容詞」，修飾前面的名詞 the students。而後面的「**複數代名詞 ones**」指的是前面的複數名詞 **students**，爲了避免重複使用同一個字而用 **ones** 代替。）

（2）People in this place are friendly. 這個地方的人很友善。（地方副詞 in this place 當「形容詞」，修飾前面的名詞 people。）

(44) 動詞 **try** 的用法說明如下：

（1）try + to + v ...：試著（要）...、試著去做 ...。指雖然成功的機率可能不高，但仍然「**盡量努力試著做**某事」以達成其目的。

（2）try + Ving ...：試試看 ...、試著 ... 看看。指「**試著做**某事」看看會不會成功。

(45)「**現在完成式**」常用的三種結構：

（1）S + have + PP ... + for + 一段時間。

（2）S + have + PP ... + since + 過去時間點。

（3）S + have + PP ... + since + S + **Ved** ...。

(46) 在「名詞 + 不定詞 + 不及物動詞 + 介係詞」的片語結構中，很容易會漏掉「介係詞」，但其實介係詞的「受詞」就是前面的名詞，舉例如下：

（1）... a house to live in.

（2）... no place to go to.

（3）... no chair to sit on.

至於為什麼「前面的名詞」就是「介係詞的受詞」？則可以用改寫過的片語來幫助理解：

（1）... to live in a house.

（2）... to go to a place.

（3）... to sit on a chair.

(47)「**英文寫作**」的基本結構：

1. 首段（introduction）：

（1）吸引句（hook sentence）：用來**吸引讀者**閱讀文章的句子（120

個字的短文可不寫吸引句）。

(2) 主題句（topic sentence）：論述「本文」之主旨。

(3) 論點（thesis statement）：此句為作者之「中心思想」，並且要告訴讀者在「論述段」將會讀到「哪些重點」。

2. 論述段（body）（可能會有**一到三個**「主題的論述」，而「各個主題論述」均須有「主題句」）：

(1) 主題句：點出「各個主題論述」之主旨。

(2) 發展句／支持句（supporting sentences）：用來支持**各個主題論述**所提出之**主旨**，可能會由**數個句子**構成一個主題論述。有以下寫法：1. **舉例**、2. 描寫**細節**、3. 提出**事實**或**統計數據**。

3. 結論段（conclusion）：

(1) 讓步句：提出別人可能會有的**另一個意見**或甚至是**反面看法**（但也有可能無需寫讓步句）。

(2) 主題句：提出**自己的意見**以回應「讓步句」，或以**不同的寫法重述**首段「**論點**」的「**作者之中心思想**」。

(3) 結論句（concluding sentence）：可以提出**建議**、**觀點**或**預測**。而且，「**首段**」與「**結論段**」應該要包含**類似的資訊**，絕對不可以在結論段再提出新的資訊，**以免離題**。

(48)「**敘述文**」（**narration**）之基本寫作架構：

1. 首段（introduction）：

(1) 背景資訊：描述「**人、事、時、地、物** ...」等故事背景。

(2) 發展句：描述故事場景的「**細節**」。

(3) 轉折句（transitional sentence）：此句為「**一個事件**」的開始，通常會是一個「突發狀況」的開端，讓讀者有種「**緊張**」的感覺，並吸引讀者想往「**下一段**」繼續讀下去。

2. 論述段（body）：

（1）主題句：此句用來「**承上啟下**」，告訴讀者上一個事件的「**後續
發展**」。

（2）發展句：通常會用「數個句子」來說明故事情節的「**發展**」。

3. 結論段（conclusion）：

（1）故事的「結尾」。

（2）說明自己的「**感想**」或學到的「**教訓**」。

英檢中級 / 高中英文 1

其他類考試 1（106 台電國貿類、107 台電國貿類）

壹、例題

一、中文翻譯英文：

（一）你最好提早預訂你的機票。

（二）我們再見面可能要幾年以後了。

（三）守時對商人來說是很重要的特質。

（四）如果你能讓我來處理這件事，我將不勝感激。

（五）我們總是設法為員工創造一個愉快的工作環境。

（六）那有點超出我們的預算。

（七）我要問老闆下星期能否請一天假。

二、英文翻譯中文：

（一）Shall we call it a day?

（二）Father punished Tom for calling names.

（三）We have already cut down our prices to cost level.

（四）That is the third time today that my computer has crashed.

（五）The government is doing away with a lot of the restrictions on imports.

（六）I was no longer in the loop at our company.

貳、參考範文

一、中翻英：

（一）你最好提早預訂你的機票。

You had better book your flight ticket in advance.

（二）我們再見面可能要幾年以後了。

It might be years later that we can meet again.

（三）守時對商人來說是很重要的特質。

Being punctual is an important trait for businessmen.

（四）如果你能讓我來處理這件事，我將不勝感激。

（1）I will be very grateful if you let me handle this matter. / If you let me handle this matter, I will be very grateful.

（2）I will appreciate it very much if you let me handle this matter. / If you let me handle this matter, I will appreciate it very much.

（五）我們總是設法為員工創造一個愉快的工作環境。

We always try hard to create a pleasant working environment for our employees.

（六）那有點超出我們的預算。

That is slightly over our budget.

（七）我要問老闆下星期能否請一天假。

I want to ask my boss if I can have a day off next week.

二、英翻中：

（一）Shall we call it a day?

我們今天就做到這裡為止好嗎？

（二）Father punished Tom for calling names.

Tom 因為罵人而被爸爸處罰。

（三）We have already cut down our prices to cost level.

我們已經把售價砍到成本價的地步了。

（四）That is the third time today that my computer has crashed.

我的電腦又當機了，這已經是今天的第三次了。

（五）The government is doing away with a lot of the restrictions on imports.

政府正在廢除許多關於進口貨物的限制條款。

（六）I was no longer in the loop at our company.

我早就不在我們公司的決策圈內了。

參、解析

一、中翻英：

（一）

1. 你最好提早預訂你的機票：You had better book your flight ticket in advance.。

2. 最好：had better。had better 是「助動詞」，所以後面要接「原形動詞」。

3.「預訂」可以用 book / reserve 這兩個動詞。

4.「機票」可以用 flight ticket 或 plane ticket 這兩個名詞。

5.「提早」可以用 in advance 這個介係詞片語，此「介係詞片語」當「副詞」用，因為其所修飾的是前面的「動詞」book。

（二）

1. 我們再見面可能要**幾年以後**了：It might be **years later** that we can meet again.。

2. 此句的英文是用 it + be + **...** + that + S + V ... 的「強調句」來翻譯的，而**要強調的部分**則是「幾年以後」，所以是放在 **be 動詞的後面**。

3. meet 在此是「不及物動詞」的用法，所以後面不用接受詞。

（三）

1. 守時對商人來說是很重要的特質：Being punctual is an important trait for businessmen.。

2.「守時」可以用 Being punctual / Being on time 這兩種方式來譯。此句是用「動名詞」（Ving ...）當「主詞」，所以「動詞」要用「第三人稱單

數」的 is。

3. 另外，此句的「主詞」（守時）也可以直接用 Punctuality 這個名詞來譯，所以此句也可寫成：Punctuality is an important trait for businessmen.。

4. 「重要的」可以用 important / essential 這兩個形容詞。

5. 「特質」可以用 trait / quality / attribute 這三個名詞。

6. 以下是與「特質」相關的名詞：

(1) trait (n)（指某人「內在的、天生的」）特質。

(2) quality (n)（指某人「抽象的、正面的」）特質、（指可用來分辨不同於其他同類人或物的）特質。

(3) attribute (n)（指某人或某物「好的、有用的」）特質、特性。

(4) property (n)（指某物的「物理或化學」）特性、（某類事物所共有的）特性。

(5) feature (n)（指「明顯的外部」）特徵、（某人的「臉部」）特徵、（指某物「重要的、顯眼的、有趣的或典型的」）特質、特色。

(6) character (n)（此字通常爲「單數形」）（泛指某人或某物內在的綜合）特質、性格、（指某人「正面的、品德的」）特質、骨氣、（指某人或某物「獨特的、有趣的」）特質。

(7) characteristic (n)（指某人或某物的某一項「特有的、典型的、易於認出的」）特質、特徵。

7. 「商人」可以用 businessmen / merchants / dealers / traders 這四個複數名詞。

8. 一般而言，如果在中文的語境中**無法**明確看出「可數名詞」的數量就是指「一個」的話，通常都會用「複數名詞」來表示該名詞的「**一般情況**」；因此，這裡用 businessmen 來**泛指**「大多數、大部分」的商人。

（四）

1. 如果你能讓我來處理這件事，我將不勝感激：（1）I will be very grateful if you let me handle this matter. / If you let me handle this matter, I will be very grateful. 或是（2）I will appreciate it very much if you let me handle this matter. / If you let me handle this matter, I will appreciate it very much.。

2. 此句可以用以上兩個句子來翻譯，但**主要**子句與**附屬**子句因**位置**不同而有**細微**的差異。「**主要子句**」在前的寫法只是**單純表達**：如果你給我機會來處理此事的話，我會很開心（敘述的口氣較**平順**）。而「**if 子句**」在前的寫法，則是在表達：較**積極**地向對方**爭取**處理此事的這個**機會**（敘述的口氣較**激動**）。

3. 「**中文**」是一種重視「**因果邏輯**」的語言（如題目的「如果 ...（因），將 ...（果）」），所以在陳述句子時，**中文**的語序通常都是「**先因後果**」（**只能**以說者的**口氣**分辨）。而「**英文**」是一種「**重點在前**」的語言，所以在陳述句子時，英文的語序通常都是將「**要強調的部分**」放在前面。而英文的「**主要子句**」就是「重要資訊」，「**從屬子句**」則是「次要訊息」。然而，如果我們把「**從屬子句**」放在「**前面**」的話，表示我們要「**強調**」的是從屬子句的部分，因爲英文的「**從屬子句**」通常都是指「**先決條件、背景因素**」，這也算是一種「**原因**」。因此，當我們把「**從屬子句**」放在「**前面**」時，就表示我們要先強調的**重點**是原因，然後再由「**主要子句**」來說明「**結果**」，就變成類似中文的「**因果邏輯**」的表達方式了。

4. 另外，「**中文**」句子強調的「**重點**」是放在後面的「**結果**」，所以此題的重點是「我將不勝感激」，因此「**英文**」句子將（I will be very grateful）這個重點放在「**前面**」會比較適合。然而，因爲題目的中文其實也無法看出「說者的口氣」究竟爲何，所以用「if 子句」在前的

句子也可以。

5. 「感激」要用 grateful 這個形容詞或是 appreciate 這個動詞。另外，及物動詞 appreciate 後面的「代名詞 it」指的是「讓我來處理事情」這一件事。

6. 另外，此句不能用 thankful 這個字，thankful 這個形容詞的意思是：覺得「**還好**」某件**討厭**或**危險**之事**已經結束**或**沒有發生**，而感到**放心**或**解脫**了。e.g.：(1) I am thankful that the exams have finally finished.（謝天謝地，考試終於結束了。）(2) I am thankful that he didn't get hurt.（幸好他沒有受傷。）

7. 「處理」可以用 handle / deal with 這兩個動詞。handle 是「及物動詞」，所以可以直接接「受詞」，但 deal 是個「不及物動詞」，所以必須先接「介係詞」，才可以接「受詞」。

8. let 是個「**使役動詞**」，所以受詞（me）後面的動詞必須用「**原形動詞**」（handle）。

（五）

1. 我們總是設法為員工創造一個愉快的工作環境：We always try hard to create a pleasant working environment for our employees.。

2. 「設法 …」可解釋為「努力試著要 …」（try hard to …），所以在此用 try 這個動詞來翻譯，以及用 **hard** 這個**副詞**來修飾前面的動詞（try），後面再接個不定詞片語（to＋v …）。

3. 「愉快的」可以用 pleasant / delightful 這兩個形容詞。

（六）

1. 那有點超出我們的預算：That is slightly over our budget.。

2. 「有點」可以用 slightly 跟 a little bit 這兩個寫法。

3. 「超出」可以用 over / beyond 這兩個介係詞。

（七）

1. 我要問老闆下星期能否請一天假：I want to ask my boss if I can have a day off next week.。

2. ... if I can have a day off next week 是個「名詞子句」，ask 是個「**授與動詞**」，所以需要**兩個**受詞，第一個受詞是 **my boss**，而第二個受詞就是這個 **if 名詞子句**。

3. 授與動詞 ask 在此的用法為：ask＋人＋事（if＋S＋V ...）。

4. 請一天假：have / take a day off。動詞可以用 have / take 這兩個。

二、英翻中：

（一）

1. Shall we call it a day?：我們今天就做到這裡為止好嗎？。

2. 助動詞 Shall 在此是表達「好嗎、好不好」之意，主要用於「第一人稱」的「疑問句」，用來「詢問對方意見」、「表示願提供服務」或「提出建議」。

3. 英文諺語 call it a day 的意思是：今天就到此為止。

（二）

1. Father punished Tom for calling names.：Tom 因為罵人而被爸爸處罰。

2. 片語 call names 是「辱罵某人」的意思。

3. 雖然此句「**英文**」是以「**主動語態**」的形式寫成的，但是此句的「**中文**」翻譯成「**被動句**」的句型比較適合，因為「**中文**」的「**被**」字通常都是用在比較「**負面**」的語境中。

4. 此句「**英文**」的「**受詞**」是 Tom；然而，**Tom** 是因為罵人而**被處罰**的對象，所以此句的「**中文**」要用 Tom 作為「**主詞**」，並以「**中文被動句**」的句型來翻譯，這樣此句譯文才會比較通順。

（三）

1. We have already cut down our prices to cost level.：我們已經把售價砍到成本價的地步了。

2. 此句的 **cut** 是「**過去分詞**」，因此搭配上前面的**助動詞 have** 就形成了「**現在完成式**」，以表示：某個在「現在」前已經完成的動作，且該動作發生的時間點不重要（「現在」是指「說話時」）。

3. 動詞片語 cut down … to … 是「把 … 削減／縮小到 …」。在此處譯為「把 …砍到／降到 …」較通順。

4. 名詞 level 是「水平、水準、程度」，在此處譯為「地步」。

（四）

1. That is the third time today that my computer has crashed.：我的電腦又當機了，這已經是今天的第三次了。

2. 此句其實是 it + be + … + **that** + S + V … 的「**強調句**」的句型，只是主詞 it 改用 that，且 that 是指「那（個）」，但在此翻譯成「這（個）」比較通順。

3. 敘述「第 … 次」時要用此句型（it + is + **the … time** + that + S + **have + PP** …），而在先行詞（time）前要用「**序數**」（如此題的 third），且**關係副詞**要用 **that**。另外，形容詞子句的時態要用「現在完成式」。

4. 不及物動詞 crash 在此處是指「電腦當機」。

（五）

1. The government is doing away with a lot of the restrictions on imports.：政府正在廢除許多關於進口貨物的限制條款。

2. 片語 do away with 是「廢除、停止」。

3. 複數名詞 restrictions 是「限制、限制規定」，因此在此譯為「限制條款」，而介係詞用 on 指的是「關於、在 … 方面」。

4. 複數名詞 imports 是「進口商品」，在此譯為「進口貨物」。

（六）

1. I was no longer in the loop at our company.：我早就不在我們公司的決策圈內了。

2. 此句的 be 動詞是「過去式」（was）的時態，所以翻譯成：早就 ...。

3. 片語 no longer 是「不再、已不 ...」。

4. 片語 in the loop 是「對於某計畫有影響力及決策力的一群圈內人」，所以就是我們所謂的「決策圈」。另外，也可表示「能夠對於某議題保持最新狀況的消息人士」，所以也可譯為「消息靈通人士、知情人士、圈內人」。

5. 有個片語叫 keep me in the loop，就是 keep me updated 的同義詞，所以是「隨時讓我知道最新消息 / 進展」的意思。

6. 介係詞 **at** 的後面如果是接「**地點**」，則該介係詞片語通常是當「**地方副詞**」來使用，但這樣此句的語義就不太通順。

7. 即使表示「**地方**」的「介係詞片語」是放在「名詞」後面當「**形容詞**」使用，用來修飾前面的名詞，通常也是表示「**在 ...（地方）的**」。

8. 此句要表達的應該是「一個在公司高層的人員被降級了，所以已經不在**公司的**決策圈內了」。因此，此句（at our company）的寫法不太適當，較適當的寫法應該是用 **of** our company 這個「介係詞片語」當「形容詞」，修飾前面的名詞 loop，所以整個句子應該改寫為：I was no longer in the loop **of** our company.。

英檢中級 / 高中英文 2

壹、例題

一、中譯英

1. 近年來，有越來越多超級颱風，通常造成嚴重災害。

2. 颱風來襲時，我們應準備足夠的食物，並待在室內，若有必要，應迅速移動至安全的地方。

二、英文作文

說明：1.依提示在「答案卷」上寫一篇英文作文。 2.文長至少120個單詞（words）。

提示：排隊雖是生活中常有的經驗，但我們也常看到民眾因一時好奇或基於嘗鮮心理而出現大排長龍（form a long line）的現象，例如景點初次開放或媒體介紹某家美食餐廳後，人們便蜂擁而至。請以此種

一窩蜂式的「排隊現象」為題，寫一篇英文作文。第一段，以個人、親友的經驗或報導所聞為例，試描述這種排隊情形；第二段，說明自己對此現象的心得或感想。

貳、參考範文

一、中譯英

1. 近年來，有越來越多超級颱風，通常造成嚴重災害。

   In recent years, there have been more and more super typhoons, which usually cause serious disasters.

2. 颱風來襲時，我們應準備足夠的食物，並待在室內，若有必要，應迅速移動至安全的地方。

   We should prepare enough food and stay indoors when a typhoon hits. If necessary, we should move to safe places quickly.

二、英文作文

提示：排隊雖是生活中常有的經驗，但我們也常看到民眾因一時好奇或基於嘗鮮心理而出現大排長龍（form a long line）的現象，例如景點初次開放或媒體介紹某家美食餐廳後，人們便蜂擁而至。請以此種一窩蜂式的「排隊現象」為題，寫一篇英文作文。第一段，以個人、親友的經驗或報導所聞為例，試描述這種排隊情形；第二段，說明自己對此現象的心得或感想。

（主題句）We can usually see many people forming a long line at the door of a fancy restaurant or a famous tourist attraction on weekends. （以下為發展句）In 2018, I was amazed at the news that a swarm of people were crazily waiting in a queue to buy toilet tissue at a wholesale warehouse. Because the price was going to rise, they bought more toilet paper in advance.

（主題句）We often spend much time queuing up to buy things simply because of discount prices.（以下為發展句）However, we might later find that we have bought products poor in quality or even things we don't really need. Most importantly, I don't think waiting in a line to buy things is a good purchasing habit because it is indeed time-consuming.

參、解析

作文翻譯：

　　我們在周末時經常可以看到許多人在高級餐廳或知名旅遊景點的門口大排長龍。2018年時，我對於一大群人在一家倉儲量販店瘋狂排隊買衛生紙的新聞感到驚訝。因爲衛生紙的價格要上漲了，所以他們提前買更多的衛生紙。

　　我們通常只因爲優惠的價格就花許多時間排隊購物。然而，我們後來可能會發現買了品質不好的產品甚至是並非眞的需要的東西。最重要的是：我不認爲排隊購物是一個很好的購物習慣，因爲這眞的很浪費時間。

一、中譯英：

（一）

1. 近年來，有越來越多超級颱風 … ：In recent years, **there have been** more and more super typhoon**s** … 。

2. 此句「存在句」（there be …）的句型爲「**現在完成式**」（there **have been** …）的時態。這裡有 in recent years 這個表示「一段時間」的介係詞，所以應該用「現在完成式」來表示「某個開始於過去並持續到現在的狀況」。

3. there be 句型的 **there** 是個只具有「形式主詞」結構功能的「**引導詞**」，眞正的主詞是 be 動詞後面的**名詞**。另外，因爲此句 be 動詞後面的主詞是「複數名詞」，所以現在完成式的「助動詞」用表示複數形的 have。

4. …，通常造成嚴重災害：… , **which** usually cause serious disasters。

5. 此處的 which 前有個「逗號」，這是形容詞子句的「補述用法」，所以是用來補充說明前面子句的。「關代 **which**」在此是指前面的複數名詞 super typhoon**s**，因此**動詞用複數形**的 cause。

6. 另外，此句（… , **which** usually cause serious disasters）也可用較簡單的寫法來改寫為：… **, and these typhoons** usually cause serious disasters。

7.「嚴重」可以用 serious / severe 這兩個形容詞。

8.「災害」可以用 disaster / calamity / catastrophe 這三個名詞。

（二）

1. 颱風來襲時，我們應準備足夠的食物，並待在室內，若有必要，應迅速移動至安全的地方：We should prepare enough food and stay indoors when a typhoon hits. If necessary, we should move to safe places quickly.。

2. 此句中文比較冗長且包含兩個訊息，所以在翻譯時就分拆為兩個英文句子，這樣每句譯文就不會太冗長，兩個句子也可以更清楚地分別說明兩個訊息的重點。

3. 颱風來襲時，我們應準備足夠的食物，並待在室內，…：We should prepare enough food and stay indoors when a typhoon hits. …。

4.「來襲」可以用 hit / strike 這兩個不及物動詞。

5. …，若有必要，（我們）應迅速移動至安全的地方：… . If necessary, we should move to safe places quickly.。

6. if necessary 就是 if **it is** necessary 的意思，故 it is 可以省略，而「代名詞 it」指的是「迅速移動到安全處」這件事，所以動詞用單數形的 is。「必要」可以用 necessary / needed 這兩個形容詞，所以也可改寫成：If (it is) needed, we … quickly.。

7. 「迅速」可以用 quickly / rapidly 這兩個副詞。另外，在此也增加 we 這個代名詞，來作爲第二個句子的主詞。

二、英文作文：

1. 本題爲一篇描述日常生活中「排隊經驗」的「敍述文」，寫作重點有二：

   （1）第一段以「自己、親友的經驗」或「新聞報導」敍述此種排隊情形。

   （2）第二段說明對此種排隊現象的「心得或感想」。

2. We can usually see many people forming a long line at the door of a fancy restaurant or a famous tourist attraction on weekends.：我們在周末時經常可以看到許多人在高級餐廳或知名旅遊景點的門口大排長龍。

3. ... **see** many people form**ing** a long line：此句的 see 是「感官動詞」，所以「受詞」(many people)後面用「現在分詞」(form**ing** a long line)表示「動作正在進行中」（看到許多人在排隊）。

4. In 2018, I was amazed at the news that a swarm of people were crazily waiting in a queue to buy toilet tissue at a wholesale warehouse.：2018年時，我對於一大群人在一家倉儲量販店瘋狂排隊買衛生紙的新聞感到驚訝。

5. be amazed at ... 是「對 ... 感到驚訝」。a swarm of ... 是「一大群 ...」。而 wait in a queue 是「排隊」。

6. the news **that** a swarm of people ... at a wholesale warehouse：此句的 that 是「名詞子句連接詞」，所以這個**名詞子句**是前面名詞 news 的**同位語**，說明 news 的內容。

7. Because the price was going to rise, they bought more toilet paper in advance.：因爲衛生紙的價格要上漲了，所以他們提前買更多的衛

生紙。

8. was going to + v ... 是「當時將要 ...」。

9. 複數的代名詞 they 指的是前一句的 a swarm of people。

10. toilet tissue 跟 toilet paper 是同義字，都是「衛生紙」的意思，而且這兩個都是「不可數名詞」，所以要用 more（原級是 much）這個形容詞來修飾。

11. 片語 in advance 是「提前、事先」。

12. We often spend much time queuing up to buy things simply because of discount prices.：我們通常只因為優惠的價格就花許多時間排隊購物。

13. ... **spend** much time queu**ing** up ...：動詞 spend 是「花費」，其句型為 sb + spend + 時間 / 金錢 + Ving ...。不及物動詞 queue up 是「排隊」。

14. However, we might later find that we have bought products poor in quality or even things we don't really need.：然而，我們後來可能會發現買了品質不好的產品甚至是並非真的需要的東西。

15. ... find **that** we have bought ... don't really need：這裡的 that 是「名詞子句連接詞」，所以這個**名詞子句**（that we have bought ... don't really need）在此是當及物動詞 find 的**受詞**。

16. have bought ...：買了 ...。此處的 bought 為「過去分詞」，所以此句的時態為「**現在完成式**」，以表示：一個「在現在之前」已經完成的動作，但「發生的時間點」不重要。（「現在」是指「說話時」）。

17. products poor in quality：品質不好的產品。形容詞片語（poor in quality）修飾的是前面的先行詞 products，所以可改寫為「形容詞子句」：products **which are** poor in quality，但原寫法將「關代」與「be 動詞」一起省略，直接用「形容詞片語」來修飾先行詞，這樣的

寫法較簡潔。

18. be poor in ... 是「在 ...（方面）缺乏、不足」。

19. ... or even ...：... 甚至(是) ...。even 是個「副詞」，而在 even 的前後都有「名詞」，所以必須在副詞 even 前面加個**對等連接詞 or**，來連接（**products** 跟 **things**）這兩個名詞。

20. things we don't really need：並非真的需要的東西。形容詞子句（**(which)** we don't really need）也是用來修飾先行詞 things 的。關代 which 在此形容詞子句中，為及物動詞 need 的「受詞」，所以可以省略。

21. Most importantly, I don't think waiting in a line to buy things is a good purchasing habit because it is indeed time-consuming.：最重要的是：我不認為排隊購物是一個很好的購物習慣，因為這真的很浪費時間。

22. I don't think (that) waiting ... habit：此句省略的 that 是個「名詞子句連接詞」，所以後面的**名詞子句**（waiting ... habit）是及物動詞 think 的**受詞**。

23. ... wait**ing** in a line to buy things **is** ...：waiting in a line to buy things 在此是**動名詞片語**（Ving）當句子的**主詞**，這是視為**一件事**，所以句子的**動詞**用**單數形**的 is。

24. **從屬連接詞 because** 後面是接表示**原因**的子句（it is ... time-consuming），所以前面的**主要子句**就是表示**結果**的子句（I don't think ... purchasing habit）。

25. it is indeed time-consuming：這真的很浪費時間。這裡的**單數代名詞 it** 指的是前面的**排隊購物**（waiting in a line to buy things）這件事。

英檢中級 / 高中英文 3

壹、例題

一、中譯英

1. 相較於他們父母的世代，現今年輕人享受較多的自由和繁榮。

2. 但是在這個快速改變的世界中，他們必須學習如何有效地因應新的挑戰。

二、英文作文

說明：1.依提示在「答案卷」上寫一篇英文作文。 2.文長至少120個單詞（words）。

提示：你認為家裡生活環境的維持應該是誰的責任?請寫一篇短文說明你的看法。文分兩段，第一段說明你對家事該如何分工的看法及理

由，第二段舉例說明你家中家事分工的情形，並描述你自己做家事的
經驗及感想。

貳、參考範文

一、中譯英

1. 相較於他們父母的世代，現今年輕人享受較多的自由和繁榮。

Compared with their parents' generation, young people nowadays enjoy more liberty and prosperity.

2. 但是在這個快速改變的世界中，他們必須學習如何有效地因應新的挑戰。

However, in this fast-changing world, they must learn how to respond to new challenges effectively.

二、英文作文

提示：你認為家裡生活環境的維持應該是誰的責任?請寫一篇短文說明你的看法。文分兩段，第一段說明你對家事該如何分工的看法及理由，第二段舉例說明你家中家事分工的情形，並描述你自己做家事的經驗及感想。

（主題句）In my opinion, keeping the house clean is the young family members' responsibility. （以下為發展句）Because our parents are always busy with work, we should not leave the housework to them. I think that every youngster in the family, either male or female, should do the chores together. The reason that youngsters should keep the house clean is that we young people should share the burden with our parents.

（主題句）In my family, my brother, my sister and I usually do the housework together.（以下爲發展句）I always hang out the laundry (to dry), and I also clear the table and wash the dishes after meals. My sister always sweeps and mops the floor, and she also takes out the trash. My brother always wipes the windows and cleans the bathrooms.（結論句）After all, housekeeping is not just my mother's business, so we youngsters should keep the house clean and tidy together.

參、解析

作文翻譯：

　　在我看來，維持住宅的清潔是家裡年輕成員的責任。因為我們的父母都一直忙於工作，所以我們不應該把家事留給他們。我認為家裡的每個年輕人（不論是男的還是女的）都應該一起做家庭雜務。年輕人應該維持住宅清潔的原因是：我們年輕人應該要與父母共同分擔這個重擔。

　　在我家，我弟弟、妹妹跟我通常都一起做家事。我通常都會曬衣服，而且我也會在用完餐後收拾餐桌跟洗碗。我妹妹通常都會掃地和拖地，而且她也會倒垃圾。我弟弟通常都會擦窗戶跟打掃浴室。畢竟，家務管理不只是我媽媽的事，所以我們年輕人應該要一起把房子維持乾淨、整潔。

一、中譯英：

（一）

1. 相較於他們父母的世代，現今年輕人享受較多的自由和繁榮：
   Compared with their parents' generation, young people nowadays enjoy more liberty and prosperity.。

2. 「相較於 …」可以用 compared with … / in comparison with … 這兩個片語。

3. 現今（的）年輕人 … ：young people nowadays …。副詞 nowadays 放在名詞後面當「形容詞」，修飾前面的名詞 young people。另外，前面的「所有格形容詞 their」所指涉的就是後面的「複數名詞 young

people nowadays」。

4.「自由」可以用 liberty / freedom 這兩個名詞。

5. 與「自由」相關的名詞說明如下：

　（1）liberty (n) 強調的是「從過去被壓迫或束縛中解放出來的」自主權，但這也是一種「必須受到法律規範的」自由。

　（2）freedom (n) 強調的是「言論、思想、行動等不受外來限制的獨立自主的」自由。

（二）

1. 但是在這個快速改變的世界中，他們必須學習如何有效地因應新的挑戰：However, in this fast-changing world, they must learn how to respond to new challenges effectively.。

2. 快速改變的：fast-changing。

3.「必須 ...」可以用 must 或 have to ...。

4. 學習如何 ...：learn how to + v ...。

5. 有效地：effectively。副詞 effectively 是用來修飾前面的動詞 respond。

6.「因應 ...」可以用 **respond** 或 **react** 這兩個動詞，而這兩個動詞都是搭配介係詞 **to**。

二、英文作文：

1. 本題為一篇陳述「你認為家裡生活環境的維持應該是誰的責任?」的「論說文」，寫作重點有二：

　（1）第一段說明你對家事該如何分工的看法及理由。

　（2）第二段舉例說明你家中家事分工的情形，並描述你自己做家事的經驗及感想。

2. In my opinion, keeping the house clean is the young family members'

responsibility.：在我看來，維持住宅的清潔是家裡年輕成員的責任。

3. In my opinion, ...：在我看來，...。in ... opinion 是「按照 ... 的看法、在 ... 看來、依 ... 所見」。因此，這個句型（in one's opinion, S + V ...）是用來表達「某人的想法、看法、意見」的。

4. 另外，此句型**不可**寫成 In my opinion, I think + S + V ...，如果用 In my opinion 開頭時，後面要直接放 S + V ...（即所要表達的想法），因為 In my opinion 跟 I think 的語意**重複**，所以不可一起使用，**只可**兩種寫法**選擇一種**來使用。

5. keep**ing** the house clean **is** ...：「動名詞片語」（Ving ...）當「主詞」是視為「一件事」，所以動詞用單數形的 is。

6. 另外，keep 是個「不完全及物動詞」，是「使 ... 保持（... 的狀態）」之意，因為是「及物」動詞，所以需要「受詞」（the house），且因為語意「不完全」，所以需要「補語」，在此是用形容詞（clean）當「受詞補語」，以補充說明受詞的狀態。因此，**keep** the house clean 就是「**使房子維持**乾淨（的狀態）」之意。

7. ... the young family members' responsibility：... 家裡年輕成員的責任。這個片語原本的意義是「年輕家庭成員的責任」，但翻譯為「家裡年輕成員的責任」較通順。另外，members 是個以 -s 結尾的「複數名詞」，所以其「所有格」直接在 -s 後面加個「撇號」（members'）即可。

8. be busy with + N：忙於 ...。

9. ... should not **leave** the housework **to** them：... 不應該**把**家事**留給**他們。leave A to B 是「把 A 留給 B」。另外，此句的複數代名詞 them 指的是前面的複數名詞 our parents。

10. I think that every youngster in the family, either male or female,

should do the chores together.：我認為家裡的每個年輕人（不論是男的還是女的）都應該一起做家庭雜務。

11. that 在此為名詞子句連接詞，名詞子句的「主詞」是 every youngster in the family，兩個逗號間的片語（… , either male or female, …）則是用來**補充說明**主詞的，所以名詞子句的「動詞」是 should do。另外，這個「名詞子句」（that … together）在此是當主要子句的動詞 think 的「受詞」。

12. 此片語（… , either male or female, …）是修飾前面的 every youngster 的「**形容詞片語**」，這是由（…, **who is** either male or female, …）這個「形容詞子句」修改而來的。

13. 當「**兩個以上的形容詞**」共同修飾「**一個名詞**」時，可以用「**後位修飾**」的方式來修飾該名詞，且「這組形容詞」的「前後」都要加個「逗號」，這種「形容詞片語」的「補述」用法其實是從「把關代與 be 動詞**省略**」的「形容詞子句」的「補述」用法轉變而來的，這種寫法可以強調「**形容詞所描述的特別效果**」。另外，此寫法特別適合用在該名詞前已有其他形容詞（如此句的 every）而**不適合**用「前位修飾法」時。

14. … do the chores：… 做家庭雜務。「做家事」可以用 do the chores 或 do (the) housework 這兩個片語。do (the) housework 的定冠詞 the 可省略，而 housework 是個「不可數名詞」。另外，chore 則是個「可數名詞」，是指「家庭（或農莊）瑣事、例行工作、無聊或討厭的工作」。

15. The reason that youngsters should keep the house clean is that we young people should share the burden with our parents.：年輕人應該維持住宅清潔的原因是：我們年輕人應該要與父母共同分擔這個重擔。

16. The reason that youngsters should keep the house clean is that + S + V …：年輕人應該維持住宅清潔的原因是：…。主詞是 the reason，動詞是 is。

17. that … clean 是修飾前面主詞 the reason 的「形容詞子句」，所以這裡的 **that** 是個「**關係副詞**」。另外，若「先行詞」是 reason 時，「關副」除了可以用 that 以外，還可以用 why。

18. … is that + S + V …：這裡的 **that** 是個「**名詞子句連接詞**」，而這個「**that 名詞子句**」在此是當「**主詞補語**」。

19. … is that we young people should share the burden with our parents：… 是：我們年輕人應該要與父母共同分擔這個重擔。

20. we young people：我們年輕人。「主詞」是 we，而後面的 young people 則是用來補充說明主詞的「同位語」，而由於這個同位語是個「**必要資訊**」，所以是個「**限定用法**」的同位語，因為這裡的 young people 的作用，就是用來**限縮**前面的主詞 we 的**範圍**。

21. share the burden 是「共同分擔這個重擔」，在此指的就是前面的 keep the house clean 這件事，所以是指共同分擔「維持住宅清潔的」重擔。

22. I always hang out the laundry (to dry), and I also clear the table and wash the dishes after meals.：我通常都會曬衣服，而且我也會在用完餐後收拾餐桌跟洗碗。

23. … hang out the laundry (to dry)：… 曬衣服。hang out … 是「把 … 掛出來」，名詞 laundry 是「洗好的衣服」，也可用 clothes 或 washing 這兩個名詞。另外，後面的不定詞片語(to dry)可省略。

24. … clear the table：… 收拾餐桌。動詞 clear 是「收拾、清除、使 … 乾淨、使 … 淨空」，clear 主要是指把「物體」**移除**乾淨之意。

25. 另外，有一個意義很接近的動詞是 clean。動詞 clean 是「把 … 清

乾淨、去除 ... 的汙垢」，clean 主要是指把「髒污」**擦**乾淨或**清洗**乾淨。再者，clean 還有「（烹飪前）清除 ...（動物）內臟」之意。

26. My sister always sweeps and mops the floor, and she also takes out the trash.：我妹妹通常都會掃地和拖地，而且她也會倒垃圾。

27. ... sweeps and mops the floor：... 掃地和拖地。動詞 sweep 跟 mop 的「受詞」都是 floor 這個名詞。

28. ... takes out the trash：... 倒垃圾。片語動詞 take out 是「把 ... 拿出去」之意，所以此句的意思就是「把垃圾拿出去倒」。另外，「垃圾」用 trash 或 garbage 這兩個名詞皆可。

29. After all, housekeeping is not just my mother's business, so we youngsters should keep the house clean and tidy together.：畢竟，家務管理不只是我媽媽的事，所以我們年輕人應該要一起把房子維持乾淨、整潔。

30. After all, housekeeping is not just my mother's business, ...：畢竟，家務管理不只是我媽媽的事，...。

31. 名詞 housekeeping 是「家務管理」，即「管理家庭雜務之事務」。

32. ... not just my mother's business ...：... 不只是我媽媽的事 ...。business 在此是「不可數名詞」的用法，是指「（與某人自己有關的）事務」。

英檢中級 / 高中英文 4

107指考

壹、例題

一、中譯英

1. 快速時尚以速度與低價爲特色，讓人們可以用負擔得起的價格買到
   流行的服飾。

2. 然而，它所鼓勵的「快速消費」卻製造了大量的廢棄物，造成巨大的
   污染問題。

二、英文作文

說明：1.依提示在「答案卷」上寫一篇英文作文。 2.文長至少120個單
詞（words）。

提示：如果你就讀的學校預計辦理一項社區活動，而目前師生初步討

論出三個方案：（一）提供社區老人服務（如送餐、清掃、陪伴等）；（二）舉辦特色市集（如農產、文創、二手商品等）；（三）舉辦藝文活動（如展出、表演、比賽等）。這三個方案，你會選擇哪一個？請以此為題，寫一篇英文作文，文長至少120個單詞。文分兩段，第一段說明你的選擇及原因，第二段敘述你認為應該要有哪些活動內容，並說明設計理由。

貳、參考範文

一、中譯英

1. 快速時尚以速度與低價為特色，讓人們可以用負擔得起的價格買到流行的服飾。

   Fast fashion features speed and lower prices, which lets people buy fashionable clothes at affordable prices.

2. 然而，它所鼓勵的「快速消費」卻製造了大量的廢棄物，造成巨大的污染問題。

   However, the "fast consumption" it encourages has generated a massive amount of waste, which has caused a huge pollution problem.

二、英文作文

提示：如果你就讀的學校預計辦理一項社區活動，而目前師生初步討論出三個方案：（一）提供社區老人服務（如送餐、清掃、陪伴等）；（二）舉辦特色市集（如農產、文創、二手商品等）；（三）舉辦藝文活動（如展出、表演、比賽等）。這三個方案，你會選擇哪一個？請以此為題，寫一篇英文作文，文長至少120個單詞。文分兩段，第一段說明你的選擇及原因，第二段敘述你認為應該要有哪些活動內容，並說明設計理由。

（主題句）If our school were going to host a community event, I would choose a local specialty fair. （發展句）The reason I chose the local product fair is that we can help local people sell their goods. （論點） I think arranging the agricultural commodity fair is the best choice for us for the following reasons.

　　（主題句） First, we can invite internet celebrities over to serve as tourism ambassadors, and we can advertise it on TV. （發展句） In this way, numerous tourists must be attracted to our town. （主題句） Second, we can hold a school fair at our campus on a long weekend. （以下爲發展句） We can set up food stalls to promote local fruit and specialties. We can utilize this opportunity to learn how to sell goods. Running one's own business is many people's dream. If we can learn how to run food stalls at an early age, we may discover our potential to do business, and we may become successful business people in the future.

參、解析

作文翻譯：

  如果我們學校將要主辦一個社區活動，我會選擇當地特產市集。我選擇當地產品市集的原因是：我們可以幫助本地人銷售商品。我認為籌辦這場農產品市集對我們來說是最佳選擇的原因如下：

  一、我們可以邀請幾位網紅來我們學校擔任觀光大使，而且我們可以在電視上宣傳此訊息。如此一來，一定可以吸引許多觀光客來我們鎮上。二、我們可以在連假時在校園裡舉辦園遊會。我們可以設立食物攤位來推廣在地的水果及特產。我們可以利用這個機會學習如何銷售商品。經營自己的公司是許多人的夢想。如果我們能夠在年輕的時候學會如何經營食物攤位，我們可能會發現我們有做生意的潛力，而且我們在未來可能會成為成功的商業人士。

一、中譯英：

（一）

1. 快速時尚以速度與低價為特色，讓人們可以用負擔得起的價格買到流行的服飾：Fast fashion features speed and lower prices, which lets people buy fashionable clothes at affordable prices.。

2. 快速時尚：Fast fashion。Fashion 是「抽象名詞」，所以**無須**加冠詞，亦**無**複數形。

3. 以 … 為特色：features …。feature 在此為「及物動詞」，其意義為「以 … 為特色、以 … 為號召、由 … 主演」。

4. …，讓人們可以用負擔得起的價格買到流行的服飾：… , which lets

people buy fashionable clothes at affordable prices. 。

5. 讓人們 ... 買 ...：... , **which** lets people buy ... 。「讓」在此用 let，這是一個「**使役動詞**」，因此受詞（people）後面用「**原形動詞**」（buy）。

6. **關代 which** 在此指**前一個句子**（Fast fashion ... prices），所以動詞用「**第三人稱單數動詞**」（lets）。另外，此句也可以用「**分詞片語**」來補充說明「**前一個句子**」，所以也可改為：Fast fashion ... prices, **letting** people buy ... 。

7.「流行的」可以用 fashionable / trendy 這兩個形容詞。

8.「服飾」可以用 clothes / garments / clothing 這三個名詞。

（二）

1. 然而，它所鼓勵的「快速消費」卻製造了大量的廢棄物，造成巨大的污染問題：However, the "fast consumption" it encourages has generated a massive amount of waste, which has caused a huge pollution problem. 。

2. 它所鼓勵的「快速消費」卻製造了 ...：the "fast consumption" (which) it encourages has generated ... 。句子的「**主詞**」是 the "fast consumption"，而句子的「**動詞**」是 has generated。

3. (which) it encourages 則是一個「**形容詞子句**」，其所修飾的是先行詞 the "fast consumption"，而 which 在此是個「**受格關代**」，所以可以省略。另外，形容詞子句的「**主詞 it**」指的是前一句的「**名詞 Fast fashion**」，所以此句的意思是：「快時尚」所鼓勵的「快速消費」卻製造了 ... 。

4. ... 大量的廢棄物，...：... a massive amount of waste, ... 。「大量的」可以用 massive / substantial 這兩個形容詞。另外，waste 在此是「不

可數名詞」的用法。

5. ...，造成巨大的污染問題：... , which has caused a huge pollution problem。關代 which 指前一個句子（the "fast consumption" ... of waste），所以此句也可用較簡單的寫法改寫為：... , **and this** has caused a huge pollution problem。

6. 另外，「... 巨大的污染問題」也可以寫成：... a huge problem **of** pollution。

二、英文作文：

1. 本題為「選擇類」的「論說文」，題目要求考生從以下三個選項中擇一論述：（1）提供社區老人服務、（2）舉辦**特色市集**、（3）舉辦**藝文活動**。寫作重點有二：

（1）第一段說明你的**選擇**及**原因**。

（2）第二段敘述你認為應該要有哪些**活動內容**，並說明**設計理由**。

2. If our school were going to host a community event, I would choose a local specialty fair.：如果我們學校將要主辦一個社區活動，我會選擇當地特產市集。

3. If our school were going to ... , I would ...：如果我們學校將要 ... 我會 ...。這是與「**現在事實**」相反的「**假設語氣**」，所以 if 子句的「**過去式 be 動詞**」一律用 **were**，而主要子句則是用「**過去式助動詞**」加「原形動詞」（would choose）。

4. 此題是「假設我們學校將要舉辦一項活動」，但這只是個「**假設性的問題**」，所以第一個句子會使用與「現在」事實相反的「假設語氣」（If our school **were** going to ... , I **would** ...）。然而，一般的學校本來就**經常**會舉辦「園遊會」，所以其他的句子就使用「現在簡單式」，以表達「**有可能發生的事情**」。

5. fair：市集。fair 在此為「名詞」的用法，為「市集、展銷會」之意。另外，fair 還有「形容詞」的用法，為「公平的、公正的、恰當的、合理的、尚可的」之意。

6. The reason I chose the local product fair is that we can help local people sell their goods.：我選擇當地產品市集的原因是：我們可以幫助本地人銷售商品。

7. The reason (+ why) + S + V … is that + S + V …：… 的原因是 …。「主詞」是 The reason … fair，而「動詞」是 is。再者，why 為「關係副詞」，且關係副詞可以省略，所以 I chose … fair 是「形容詞子句」，其所修飾的是前面的名詞 reason。另外，that + S + V … 則是「**名詞子句**」，在此是作為句子的「**主詞補語**」。

8. … help local people (to) sell …：help 後面的不定詞 to 可以省略，所以受詞後面可以直接接原形動詞。

9. I think arranging the agricultural commodity fair is the best choice for us for the following reasons.：我認為籌辦這場農產品市集對我們來說是最佳選擇的原因如下。

10. I think (that) arranging … reasons：這裡的 that 是「名詞子句連接詞」，且 that 這個連接詞可以省略。另外，arranging … reasons 是個「**名詞子句**」，在此是當及物動詞 think 的「**受詞**」。

11. 「籌辦、安排」可以用 arrange / organize 這兩個動詞，在此是「動名詞片語」當名詞子句的「主詞」，所以改為 Ving 的形式。

12. local **specialty** fair / local **product** fair / agricultural **commodity** fair 這三個名詞是「同義字」，在本文都是指「銷售特產、農產品的市集」。另外，用「名詞」修飾「名詞」時，「**前面的名詞**」通常都是用「單數形」的。

13. First, we can invite internet celebrities over to serve as tourism

ambassadors, and we can advertise it on TV.：一、我們可以邀請幾位網紅來我們學校擔任觀光大使，而且我們可以在電視上宣傳此訊息。

14. invite sb. over：邀請某人來（家裡）。在此是指「來我們學校」的意思。而 serve as ... 是「擔任 ...」。

15. internet celebrity 是「網紅、網路名人」，而 tourism ambassador 是「觀光大使」。

16. ... advertise it on TV：這裡的「**代名詞 it**」是指前一句的「**邀請網紅來當觀光大使**」這件事。

17. In this way, numerous tourists must be attracted to our town.：如此一來，一定可以吸引許多觀光客來我們鎮上。

18. In this way, ... 是「如此一來，...、這樣（的話），...」的意思。

19. 此句（numerous tourists must be attracted to our town）若直接翻譯是「許多觀光客一定會被吸引到我們鎮上來」。然而，中文的「被」這個字通常都是用來表達「負面」事情的，所以很多英文的**被動語態**句子**並不適合**直接翻譯成中文的被動句。因此，在此翻譯成「一定可以吸引許多觀光客來我們鎮上」較通順。

20. Second, we can hold a school fair at our campus on a long weekend.：二、我們可以在連假時在校園裡舉辦園遊會。

21. school fair 是「園遊會」。

22. 以下是與「休假」相關的名詞，說明如下：

（1）holiday (n)（此字也可指「一段時間」的「假期」，但通常是用**複數形**來表達「**假期**」的意義，因為其**本意**是「**神聖的日子**」，指紀念各種節慶的國定）假日、節日

（2）vacation (n)（指「停止工作或上學的**一段空檔期間**的）假期。

（3）leave (n)（指「**需經過允許**才可以**請假**的）准假、休假。

(4) weekend (n)（此字的「**反義字**」是 **weekday**(「週一到週五」的平日)，故並非母語人士所認知的**假日**，**而是**單純指**週六、日兩天不用上班、上課的**）**週末**。

(5) long weekend (n)（專指「**與週末連在一起**」的）**連假、長假**。

23. We can set up food stalls to promote local fruit and specialties.：我們可以設立食物攤位來推廣在地的水果及特產。

24. set up ... 是「設立 ...」。food stall 是「販賣食物的攤位」。

25. fruit 指「水果」時通常都是個「不可數名詞」。複數名詞 specialties 則是指「各種不同的特產」。

26. Running one's own business is many people's dream.：經營自己的公司是許多人的夢想。此句是用「動名詞片語」（Running ... business）當主詞，這是視為「一件事」，所以動詞用單數形的 is。

27. If we can learn how to run food stalls at an early age, we may discover our potential to do business, and we may become successful business people in the future.：如果我們能夠在年輕的時候學會如何經營食物攤位，我們可能會發現我們有做生意的潛力，而且我們在未來可能會成為成功的商業人士。

28. 上句的 **if** 子句是「**條件句**」，這是在描述一件「**有可能發生的事**」，所以「動詞」用「**現在簡單式**」（can learn），而主要子句則是用「**現在式助動詞**」加「**原形動詞**」（may discover）。

英檢中級 / 高中英文 5

108指考

壹、例題

一、中譯英

1. 創意布條最近在夜市成了有效的廣告工具，也刺激了買氣的成長。

2. 其中有些看似無意義，但卻相當引人注目，且常能帶給人們會心的一笑。

二、英文作文

說明：1. 依提示在「答案卷」上寫一篇英文作文。2. 文長至少120個單詞（words）。

提示：右表顯示美國18 至29歲的青年對不同類別之新聞的關注度統計。請依據圖表內容寫一篇英文作文，文長至少120個單詞。文分二段，第一段描述圖表內容，並指出關注度較高及偏低的類別；第二段則描述在這六個新聞類別中，你自己較為關注及較不關注的新聞主題分別為何，並說明理由。

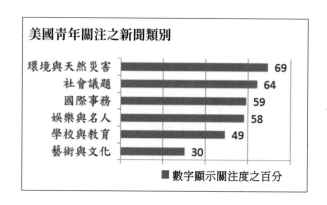

貳、參考範文

一、中譯英

1. 創意布條最近在夜市成了有效的廣告工具，
也刺激了買氣的成長。

Creative banners have recently become an
effective advertising tool in night markets and
have also stimulated the growth of sales.

2. 其中有些看似無意義，但卻相當引人注目，
且常能帶給人們會心的一笑。

Some of them seem meaningless but are quite eye-catching,
and they usually make people smile knowingly.

二、英文作文

說明：1. 依提示在「答案卷」上寫一篇英文作文。2. 文長至少120個單詞（words）。

提示：右表顯示美國18 至29歲的青年對不同類別之新聞的關注度統計。請依據圖表內容寫一篇英文作文，文長至少120個單詞。文分二段，第一段描述圖表內容，並指出關注度較高及偏低的類別；第二段則描述在這六個新聞類別中，你自己較為關注及較不關注的新聞主題分別為何，並說明理由。

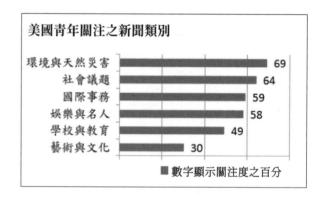

（主題句）This bar chart describes the American youngsters' level of concern about different news categories.（以下為發展句）Among the categories, there are four kinds of news that can get more attention from the audience. They are Environment and Natural Disasters, Social Issues, International Affairs, and Entertainment and Celebrities. The percentages of the news categories mentioned above are all over 50%. However, there are two kinds of news that get less attention from the audience. They are Schools and Education, and Art and Culture. The percentages of the news categories are 49% and 30% respectively.

（主題句）Of the six sorts of the news mentioned above, I personally care about Environment and Natural Disasters, and International Affairs the most.（以下為發展句）We humans have been destroying our environment since the Industrial Revolution. Hence, we can usually see news about severe natural disasters worldwide on TV.（主題句）On the contrary, I rarely care about Entertainment and Celebrities, and Art and Culture.（以下為發展句）I am neither a moviegoer nor a museumgoer. Therefore, I don't think these kinds of news are important to my life.

參、解析

作文翻譯：

　　這個長條圖描述的是美國年輕人對不同類型新聞的關注度。在這些類型當中，有四種類型的新聞更能夠得到來自觀眾的關注。這些新聞是：環境與天然災害、社會議題、國際事務以及娛樂與名人。上述提到的這些新聞類型的百分比都超過百分之50。然而，有兩種類型的新聞較難獲得來自觀眾的關注。這些新聞是：學校與教育以及藝術與文化。這兩種新聞類型的百分比分別是百分之49和百分之30。

　　在上述的六種新聞中，我本身最關心的是環境與天然災害以及國際事務。我們人類自從工業革命以來，就一直在破壞我們的環境。因此，我們經常會在電視上看到全世界都有關於嚴重天災的新聞。相反地，我很少關心娛樂與名人以及藝術與文化。我既不是電影院的常客也不是博物館的常客。因此，我不認為這兩種新聞對我的生活很重要。

一、中譯英：

（一）

1. 創意布條最近在夜市成了有效的廣告工具，也刺激了買氣的成長：
Creative banners have recently become an effective advertising tool in night markets and have also stimulated the growth of sales.。

2. 布條：banner。名詞 banner 是「掛在兩根柱子（杆子）之間的橫布條」。

3. 在夜市：in night markets。介係詞可以用 in 或 at 這兩個字。

4. 最近（變）成了 …：have recently become …。此句是描述一個「開始於過去且持續到現在的情況」，所以時態要用「現在完成式」（have + PP）。另外，**副詞**通常都是放在「**助動詞**」後面，所以此處的 recently 放在助動詞 have 的後面。

5. …（一種）有效的廣告工具：… an effective advertising tool。

6. …，也刺激了買氣的成長：… and have also stimulated the growth of sales。動詞片語（have also stimulated …）的「主詞」也是前面的複數名詞 Creative banners，所以助動詞用複數形的 have。

7. … 買氣的成長：… the growth of sales。「買氣」可以用複數名詞 sales 來譯，sales 是「銷售額、銷售量」的意思。因為「買氣的成長」就是「銷售額（量）的成長」。

（二）

1. 其中有些看似無意義，但卻相當引人注目，且常能帶給人們會心的一笑：Some of them seem meaningless but are quite eye-catching, and they usually make people smile knowingly.。

2. 其中有些 …：Some of them …。這裡的複數代名詞 them 指的是前面的複數名詞 banners。

3. 看似 …：seem …。「**連綴**動詞 seem」是「看來好像、覺得似乎 …」之意，所以後面可以接「*形容詞*」。

4. 「相當」可以用 quite / rather 這兩個副詞。這個「副詞」是用來修飾後面的「形容詞」的。

5. 「引人注目（的）、有吸引力的、顯而易見的」可以用 eye-catching / noticeable / striking / attractive / conspicuous 這五個形容詞。

6. …，且常 …：… , and they usually …。這裡的複數代名詞 they 指的是前面的主詞 some of them。

7. ... 能帶給人們會心的一笑：... make people smile knowingly。make 是個「**使役動詞**」，所以受詞 people 後面要用「**原形動詞**」（smile），而副詞 knowingly 是用來修飾前面的動詞 smile 的。

二、英文作文：

1. 本題作文是「圖表分析型」的題型，寫作重點有二：
   （1）第一段描述圖表內容，並指出關注度較高及偏低的新聞類型。
   （2）第二段則描述在這六種新聞類型中，你自己較為關注及較不關注的新聞類型分別為何，並說明理由。

2. This bar chart describes the American youngsters' level of concern about different news categories.：這個長條圖描述的是美國年輕人對不同類型新聞的關注度。

3. the American youngsters' ...：美國年輕人（的）...。youngsters 是以-s 結尾的複數名詞，所以其「所有格形容詞」直接加「撇號」（youngsters'）即可。

4. level of concern about ...：對（於）... 的關注度。名詞 level 是「程度、等級、水平」，而名詞 concern 是「關注、關切、關心的事」。「對於 ...」可以用 about / for /over ... 這三個介係詞。

5. different news categories：不同類型新聞。此名詞片語原本的意思是「不同（的）新聞類型」，但在這裡翻譯成「不同類型新聞」較通順。名詞 category 是「種類、類型、類別」。

6. Among the categories, there are four kinds of news that can get more attention from the audience.：在這些類型當中，有四種類型的新聞更能夠得到來自觀眾的關注。

7. there are ...：有 ...。there be 句型的 there 只是一個僅具有「結構」功能而「無實質意義」的「引導詞」，真正的「主詞」是 be 動詞後面的名詞，「be 動詞的單複數」要由後面的「名詞」來決定，這叫做「就近原

則」。

8. 另外，there be 句型通常都翻譯成「有 ...」的意思，因為「be 動詞」可以表示「存在」，所以是指「某處**存在**什麼東西」，也就是「某處**有**什麼東西」的意思。因此，there be 句型後面通常都會有個「介係詞片語」，用來表示「地方」。

9. ... that can get more attention from the audience：... 更能夠得到來自觀眾的關注。這裡的 that 是個「關係代名詞」，所以此句（that ... audience）是個「形容詞子句」，用來修飾前面「主要子句」的「主詞」（four kinds of news）。

10. 另外，形容詞子句的譯文通常都是放在該先行詞的前面，所以一般人可能會將此句翻成「有四種更能夠得到來自觀眾關注的類型的新聞」，但筆者則是將此句「形容詞子句的譯文」直接放在該先行詞的「後面」。這種「中文的譯文」與「該句英文」原本語序的順序相同的翻譯技巧稱為「順譯法」，這是較難的翻譯方式，但這樣此句的譯文比較通順。

11. attention 是個「不可數名詞」，所以「形容詞」要用 more，more 是「更多的」之意，在此是 much 的「比較級」形容詞。

12. can get more attention ...：更能夠得到 ... 關注。此句原本的意思是「能夠得到 ... 更多的注意」，但在此翻譯成「更能夠得到 ... 關注」較通順。另外，from the audience 是「來自觀眾的」。

13. They are Environment and Natural Disasters, Social Issues, International Affairs, and Entertainment and Celebrities.：這些新聞是：環境與天然災害、社會議題、國際事務以及娛樂與名人。

14. The percentages of the news categories mentioned above are all over 50%.：上述提到的這些新聞類型的百分比都超過百分之50。

15. The percentages of the news categories mentioned above are ...：主

詞是複數名詞 The percentages，所以動詞用 are。而介係詞片語 of the news categories 則是當「形容詞」，用來修飾前面的名詞（The percentages）。

16. 「上述提到的這些新聞類型」（the news categories mentioned above）指的是「環境與天然災害、社會議題、國際事務以及娛樂與名人」這四項。

17. However, there are two kinds of news that get less attention from the audience.：然而，有兩種類型的新聞較難獲得來自觀眾的關注。

18. … that get less attention from the audience：這裡的 that 也是個當「主詞」的「關係代名詞」，故此句也是個放在該先行詞後面的「形容詞子句」。

19. They are Schools and Education, and Art and Culture.：這些新聞是：學校與教育以及藝術與文化。

20. 複數代名詞 They 指的是前面的 two kinds of news。

21. The percentages of the news categories are 49% and 30% respectively.：這兩種新聞類型的百分比分別是百分之49和百分之30。

22. the news categories 指涉的也是前面提到的 two kinds of news。因此，「這兩種新聞類型」指的是前一句的「學校與教育以及藝術與文化」（Schools and Education, and Art and Culture）。

23. 副詞 respectively 是「各自地、分別地」，用法說明如下：A1 and B1 … A2 and B2 respectively，**前面**的 **A1**必須與**後面**的 **A2**相對應；而**前面**的 **B1**也必須與**後面**的 **B2**相對應。

24. 主詞 The percentages of the news categories 指的是「學校與教育以及藝術與文化這兩種新聞的百分比」，所以 A1是指「學校與教育」，對應的 A2是「百分之49」。而 B1是指「藝術與文化」，對應

的 B2是「百分之30」（A1 → A2 / B1 → B2）。

25. 因此，筆者再將此句（The percentages of **the news categories** are 49% and 30% respectively.）改寫，以幫助讀者理解：The percentages of **Schools and Education, and Art and Culture** are 49% and 30% respectively.。

26. Of the six sorts of the news mentioned above, I personally care about Environment and Natural Disasters, and International Affairs the most.：在上述的六種新聞中，我本身最關心的是環境與天然災害以及國際事務。

27. 在 ... 之中：Of / Among ...。「介係詞 **Of / Among** + the + **複數名詞（Ns）**」可置於「句首」表示「在 ... 之中」，此題是「在上述的六種新聞中」。另外，在「**複數名詞**」前面即使**沒有數字**，但卻有**定冠詞 the**，則該名詞就是一個「實際數量**變動較小**且**相對明確**」的「**複數名詞**」。

28. 若比較的對象是「三者」以上，則通常會搭配「最高級」的句型。因此，此句比較的對象是「六種新聞類型」，所以就用「**副詞**」的最高級 **the most** 修飾前面的動詞 care。

29. 副詞 personally 是「個人、就本人而言」，在此譯為「本身」較通順。另外，副詞 personally 在此句也是用來修飾後面的動詞 care 的。

30. We humans have been destroying our environment since the Industrial Revolution.：我們人類自從工業革命以來，就一直在破壞我們的環境。

31. We humans ...：我們人類 ...。主詞是 We，而複數名詞 humans 在此是個「同位語」，用來限縮前面主詞的範圍。

32. ... have been + Ving ... 是「現在完成進行式」，其所要表達的是「從

過去一直持續到現在的動作，而且這個動作還可能持續到未來」。

33. … **have been** destroy**ing** our environment **since** the Industrial Revolution：「現在完成進行式」通常需要一個「時間副詞」，以表示「開始的時間點」，而在此句就是 since the Industrial Revolution 這個「介係詞片語」。

34. Hence, we can usually see news about severe natural disasters worldwide on TV.：因此，我們經常會在電視上看到全世界都有關於嚴重天災的新聞。

35. see … on TV：在電視上看到 …。此句的動詞 see 是「看到、看見」的意思。而「在電視上」的介係詞要用 **on**。另外，「看電視」的動詞要用 watch，watch 是指「持續一段時間注意地**觀看**」，尤其是看「**會動**的人或動物」或是「**會產生變化**的事物」。

36. news about … 是「關於 … 的新聞」。natural disaster 是「天災、自然災害」。

37. 副詞 worldwide 是「在全世界、在世界各地」。

38. On the contrary, I rarely care about Entertainment and Celebrities, and Art and Culture.：相反地，我很少關心娛樂與名人以及藝術與文化。

39. 「副詞」可用 rarely 或 seldom，這兩個都是「**否定**副詞」，是「很少、不常 …」之意，而在此句是用來修飾後面的動詞 care 的。

40. … Entertainment and Celebrities**, and** Art and Culture：這裡的 and 前面加個「**逗號**」，主要是用來與前面的名詞片語（Entertainment and Celebrities）「**分隔**」的。

41. I am neither a moviegoer nor a museumgoer.：我既不是電影院的常客也不是博物館的常客。

42. neither … nor … ：既不 … 也不 …。

43. 「名詞 + -goer」可以構成一個「名詞」，以表示「… 的常客、常去 … 的人」。

44. Therefore, I don't think these kinds of news are important to my life.：因此，我不認爲這兩種新聞對我的生活很重要。

45. 若「主要子句」的動詞是 think, suppose, believe, expect, seem, appear … 等表達「看法或推論」的動詞，「名詞子句」的否定詞 **not** 通常都會移到「主要子句」中，這種句型叫「否定轉移」（S1 + **don't** + V1（that）S 2 + V2 …），not 轉移的主要目的是爲了婉轉表達「主詞1」（**S1**）的想法，所以這通常是一種比較「禮貌、委婉」的說法。

46. 因此，此句（I **don't** think these kinds of news are important to my life.）指的是「這只是**我個人**的看法而已」。

英檢中級 / 高中英文 6

2016上海卷

壹、例題

I. Translation

Directions: Translate the following sentences into English, using the words given in the brackets.

1. 我真希望自己的文章有朝一日能见报。（hope）

2. 二十世纪末中国经济迅速发展。（witness）

3. 为买一双运动鞋而通宵排队有意义吗？（point）

4. 虽然当时我年幼，不理解这部电影的含义，但我记得我的家人都感动得落泪了。（too … to …）

5. 我阿姨苦读四年之后获得了文凭，那一刻她欣喜万分。（The moment ...）

II. Guided Writing

Directions: Write an English composition in 120–150 words according to the instructions given below in Chinese.

假设你是中华中学学生姚平，最近参加了一项研究性学习调研，课题为"父母是否以子女为荣"。通过调研你校学生及其父母，结果发现双方对此问题的看法有差异（数据如图所示）。根据图表写一份报告，在报告中，你必须：

1. 描述调研数据；

2. 分析可能导致这一结果的原因。

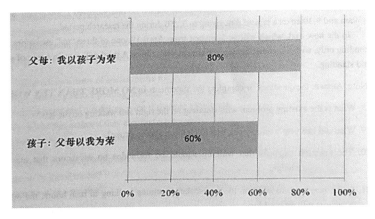

貳、參考範文

I. Translation

Directions: Translate the following sentences into English, using the words given in the brackets.

1. 我眞希望自己的文章有朝一日能见报。（hope）

   I really hope that my article can be published in the newspaper someday.

2. 二十世纪末中国经济迅速发展。（witness）

   The late twentieth century witnessed the fast development of China's economy.

3. 为买一双运动鞋而通宵排队有意义吗？（point）

   （1）Is there any point in standing in a line for a whole night for a pair of sports shoes?

   （2）What is the point of standing in a queue for a whole night for a pair of sports shoes?

4. 虽然当时我年幼，不理解这部电影的含义，但我记得我的家人都感动得落泪了。（too ... to ...）

I was too young to understand the meaning of the movie at the time, but I still remember that my family were all moved to tears.

5. 我阿姨苦读四年之后获得了文凭，那一刻她欣喜万分。（The moment …）

The moment my aunt got her diploma after four years of hard work, she was so delighted.

II. Guided Writing

Directions: Write an English composition in 120–150 words according to the instructions given below in Chinese.

假设你是中华中学学生姚平，最近参加了一项研究性学习调研，课题为"父母是否以子女为荣"。通过调研你校学生及其父母，结果发现双方对此问题的看法有差异（数据如图所示）。根据图表写一份报告，在报告中，你必须：

1. 描述调研数据；

2. 分析可能导致这一结果的原因。

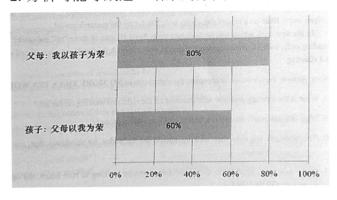

（主題句）This bar chart describes a survey whose title is "Whether Parents Are Proud of Their Children or Not."（以下爲發展句）In the attitudes of parents and children, there is a difference in the poll. The statistics show that 80 percent of parents are proud of their children, but only 60 percent of teenagers think their parents are proud of them.（論點）I think the difference may come from the following reasons.

（主題句）Nowadays, more and more students can go to college.（以下爲發展句）Most youngsters are better educated than their parents. However, many parents didn't have the chance to receive higher education when they were young because of their families' economic situation. Therefore, many parents are proud of their children's achievements.（主題句）On the contrary, many teenagers may think their parents will punish them if they don't get good grades in school.（以下爲發展句）They may think they are stressed and are not good enough in their parents' minds. However, many juveniles may not know their parents discipline them out of love. Most parents don't want their children to lead poor lives as they did when they were young.

參、解析

作文翻譯：

　　這張長條圖描述的是一項標題為「父母是否以子女為榮」的調查。在父母與子女的態度方面，在此民調中存在一個差異。統計數據顯示：百分之八十的父母以子女為榮，但只有百分之六十的青少年認為他們的父母對他們是感到自豪的。我認為這個差異可能來自以下原因：

　　現在，越來越多的學生能夠上大學。大部分的年輕人都比他們的父母受到更好的教育。然而，許多父母年輕的時候因為家裡的經濟狀況而沒有機會接受高等教育。因此，許多父母對於他們子女的成就感到驕傲。相反地，許多青少年可能會認為：如果他們在學校沒有得到好成績，他們的父母會處罰他們。他們可能會認為：他們的壓力很大，而且在他們父母的心中是不夠好的。然而，許多青少年可能不知道他們的父母處罰他們是因為愛。大部分的父母不希望他們的子女過貧窮的生活，就像他們年輕的時候一樣。

一、中譯英（I. Translation）：

（一）

1. 我真希望自己的文章有朝一日能見報。（hope）：I really hope that my article can be published in the newspaper someday.。

2. … 能見報：… can **be** publish**ed** in the newspaper。此為「be 動詞」加「過去分詞」的「被動語態」句型，而「見報」是指「文章**被發表**在報紙上」的意思，所以在此用 published 這個過去分詞來表達。

3. 「定冠詞 the + 單數普通名詞」可以表示該名詞所代表的「抽象觀

念」。因此，the newspaper 並非特指「某一家媒體的報紙」，而是泛指「報紙這種傳播媒體」的概念。

4.「有朝一日」有 someday 與 one day 這兩種寫法。

5. 下列是比較容易混淆的時間副詞，說明如下：

（1）someday (adv)（指「**不確定未來的某個時候**」，但**並非指某一個日子**。）總有一天、有朝一日。

（2）some day (adv)（指「**尚未確定日期**的未來的**某一個**特定的日子」，如下週的某一天 (some day next week)。）改天、他日、將來某日。

（3）one day (adv)（指「**過去**的某一個特定的日子」。）有一天、（也可指「不確定**未來**的某個時候」。）總有一天、有朝一日。

（二）

1. 二十世紀末中国经济迅速发展。（witness）：The late twentieth century witnessed the fast development of China's economy.。

2. 二十世紀末 …：The late twentieth century …。形容詞 late 是「末期的、晚期的」之意。

3. 此題所指定的用字為 witness，及物動詞 witness 有一個很特別的用法，就是主詞**不一定要用「人」**，而可以用「**物**」、「**時間**」或「**地點**」來做為句子的「**主詞**」，以表「目睹、見證、經歷、發生」之意。

4.「迅速」可以用 fast / rapid 這兩個形容詞。

5. 發展：development。然而，在此句的語境中，「發展」也可以用 growth（成長）/ expansion（擴張）這兩個名詞來表達此意。

6.「中國（的）經濟」有 China's economy / the Chinese economy 這兩種寫法，若用形容詞 Chinese，前面須先加個「定冠詞 the」。

（三）

1. 为买一双运动鞋而通宵排队有意义吗？（point）：（1）Is there

any point in standing in a line for a whole night for a pair of sports shoes?或是（2）What is the point of standing in a queue for a whole night for a pair of sports shoes?。

2. 此題的指定用字 point 是「意義、目的、用意、理由」的意思。

3. 為（了）… 有（什麼）意義嗎？：Is there any point in + Ving … ?。當搭配的句型有 there 時，介係詞要用 in。而「（做）… 的意義是什麼？」是 What is the point of + Ving … ?，當搭配的句型有 what 時，介係詞要用 of。另外，這兩個句型的意義相同，所以皆可使用。

4. 排隊：stand in a line / queue。「行列」的名詞可以用 line / queue 這兩個。

5. 通宵：for a whole night。「介係詞 for + 一段時間」是表示「持續一段時間」。

（四）

1. 虽然当时我年幼，不理解这部电影的含义，但我记得我的家人都感动得落泪了。（too … to …）：I was too young to understand the meaning of the movie at the time, but I still remember that my family were all moved to tears.。

2. 當時我年幼，不理解 …：I was **too** young **to** understand …。too … to + v … 是「太 … 而不能 …」。

3. 「電影」可以用 movie / film 這兩個名詞。

4. 我的家人 …：my family …。集合名詞 family 的「形式」是「單數」，指「家庭」時是視為「一個整體」，所以其「意義」是「單數」。然而，family 指「家人」時是強調「全體成員的**每個個體**」，所以其「意義」是「複數」。my family … 在此句是強調「我們家的**每個人**都 …」，所以其意義是「複數」，因此「動詞」用複數形的 were。

5. … 都感動得落淚了：… **were** all mov**ed** to tears。「be 動詞」加「過去
  分詞」是「被動」語態的句型，而 move / touch 是「情緒動詞」，因為
  「人的情緒」是受到「**外界人、事、物的影響**」而產生的，所以當句
  子的「**主詞**」是「人」時，「**情緒**動詞」就要用「**被動**」語態來表達。因
  此，「感動」可以用 moved / touched 這兩個過去分詞。

（五）

1. 我阿姨苦讀四年之后獲得了文憑，那一刻她欣喜萬分。（The
  moment …）：The moment my aunt got her diploma after four years
  of hard work, she was so delighted.。

2. **The moment** (that) … 是一個「**連接詞**」，表示「一 … 就 …」的意
  思，其句型為 The moment (that)＋S＋V … , S＋V … ，且前後子句
  的動詞時態必須相同。另外，關係副詞 that 可省略。

3. 「欣喜萬分」可以用 delighted / excited / thrilled 這三個形容詞。

二、英文作文（**II. Guided Writing**）：

1. 「上海卷」的題型與台灣的「英檢中級」、「學測、指考」及「統測外語
  群」的題型較接近，雖然這四種考卷的考法略有差異，但皆有「翻
  譯」及「寫作」的題型且難易度也相近，所以較有參考價值。而本題
  是「圖表分析型」的作文，寫作重點有二：
  （1）描述「圖表的數據」。
  （2）分析「可能導致此結果的因素」。

2. This bar chart describes a survey whose title is "Whether Parents Are
  Proud of Their Children or Not."：這張長條圖描述的是一項標題為
  「父母是否以子女為榮」的調查。

3. **whose** 是「**關係代名詞的所有格**」，後面要加「**名詞**」（在此為
  title）。因此，**whose title** 就是形容詞子句的「**主詞**」，而此句

（whose title is "Whether Parents Are Proud of Their Children or Not."）就是一個「**形容詞子句**」，其所修飾的先行詞是 survey。

4. 另外，雖然「關係代名詞」是單複數同形的，但「關係**代名詞**」意義上的「**單複數**」則是視「其所指涉的**先行詞**」而定的。然而，**whose** 是個「**關係代名詞**的**所有格**」，所以後面要加個「名詞」。因此，若「whose 加**名詞**」當形容詞子句的「**主詞**」時，「主詞的**單複數**」就是視「該名詞」而定，如此句的主詞 whose **title** 是**單數**名詞，所以動詞也用單數形的 is。

5. 筆者再用更簡單的寫法來改寫此句，以幫助讀者理解：This bar chart describes a survey **and**（連）**the survey's title** (S) is (Be) "Whether Parents Are Proud of Their Children or Not." (S.C)。

6. 再者，**whose** 這個「關係代名詞的所有格」，其「**先行詞**」可以是「**人**」，但也可以是「**物**」，如此題的「先行詞」就是一份「民調」。

7. "Whether Parents Are Proud of Their Children or Not."的 **Whether** 是個「**名詞子句連接詞**」，所以此句是個「**名詞子句**」，在此作為「主詞」（whose title）的「補語」，所以此「**名詞子句**」在此句的功能是「**主詞補語**」。

8. 關於「**標題**」的寫法，標題的**第一個字**、**最後一個字**及**每個主要的字**都需要**大寫**。因此，下列**各詞類**均需大寫：
   （1）名詞及代名詞。
   （2）動詞。
   （3）形容詞及副詞。
   （4）**從屬**連接詞。

9. In the attitudes of parents and children, there is a difference in the poll.
   ：在父母與子女的態度方面，在此民調中存在一個差異。

10. 介係詞 in 是「在 ... 方面」，所以這個「介係詞片語」（In the

attitudes of parents and children, ...）在此句的功能是當「副詞」使用。

11. The statistics show that 80 percent of parents are proud of their children, but only 60 percent of teenagers think their parents are proud of them.：統計數據顯示：百分之八十的父母以子女為榮，但只有百分之六十的青少年認為他們的父母對他們是感到自豪的。

12. 此句的複數代名詞 them 指的就是前面的複數名詞 teenagers。

13. I think the difference may come from the following reasons.：我認為這個差異可能來自以下原因。

14. the difference 指的就是前面的 a difference，由於是再次提到 difference 這個名詞，所以要使用定冠詞 the。

15. Most youngsters are better educated than their parents.：大部分的年輕人都比他們的父母受到更好的教育。

16. ... **are** better educat**ed** than ...：... 比 ... 受到更好的教育。此句為「被動語態」的句型。而 better（更好地）在此則為「**副詞**」的**比較級**，其原級為 well。

17. 另外，than 在此是個「**介係詞**」，所以 their parents 是「**受詞**」。然而，此句（Most youngsters are better educated than their parents.）也可寫成：Most youngsters are better educated than their parents **were**.。這裡有個 be 動詞 were，所以 their parents 是「**主詞**」，而 than 在此就是個「**連接詞**」。

18. However, many parents didn't have the chance to receive higher education when they were young because of their families' economic situation.：然而，許多父母年輕的時候因為家裡的經濟狀況而沒有機會接受高等教育。

19. ... when they were young because of their families' economic

situation：此處的代名詞 they 指涉的是前面的 parents。另外，此處的 their families' economic situation 指的是「當時他們家裡較差的經濟狀況」。

20. higher education 是「高等教育」，即指「大學以上學位的教育」。另外，「狀況」可以用 situation 跟 condition 這兩個名詞。

21. 這裡的 families' 是「複數名詞的所有格形容詞」，因為 families 是以 -s 結尾的複數名詞，所以後面直接加個「撇號」即可形成「所有格」。

22. Therefore, many parents are proud of their children's achievements.：因此，許多父母對於他們子女的成就感到驕傲。

23. … their children's achievements：這裡的「成就」指的是「可以上大學」這件事。另外，這裡的 children's 也是個「複數名詞的所有格形容詞」。

24. On the contrary, many teenagers may think their parents will punish them if they don't get good grades in school.：相反地，許多青少年可能會認為：如果他們在學校沒有得到好成績，他們的父母會處罰他們。

25. … their parents will punish them if they don't get …：這句是指「有可能發生的事」，所以這個「if 子句」是「條件句連接詞」的用法，而動詞時態用「現在簡單式」（don't get），而「主要子句」用「現在式助動詞」加「原形動詞」（will punish）。

26. 另外，will 雖然是構成未來式的助動詞，但這個助動詞本身的時態就是「現在式」的（其「過去式」是 would），因為英文是用語意來表達「未來」的意義的，所以像 will … 就是用「將、會 …」的意思來表達「將來要做的事」或是「未來會發生的事」。

27. in school 是「在學校」，這個「介係詞片語」在此句是當「地方副

詞」，而介係詞可以用 in 或 at。

28. However, many juveniles may not know their parents discipline them out of love.：然而，許多青少年可能不知道他們的父母處罰他們是因為愛。

29. out of ... 是「因為、由於、出於（動機、原因）...」。

30. 以下是關於「處罰」的動詞，說明如下：

（1）punish (v)（較「廣義」的用字。指對某人做了「錯誤的事」或「違法的事」的處罰，且通常具有**不太期待**其行為能夠**改正**或**進步**的意涵。）處罰、懲罰。

（2）discipline (v)（指為了要**教育**「有用的好習慣」或**建立**「自我控制的習慣」的處罰、指為了「消除不可接受的行為」而對「**下屬**或**晚輩**」的處罰。）處罰、懲罰。

31. Most parents don't want their children to lead poor lives as they did when they were young.：大部分的父母不希望他們的子女過貧窮的生活，就像他們年輕的時候一樣。

32. 這裡的「代動詞 **did**」指的是「他們以前過窮苦的日子」（they **led poor lives**）這件事。

33. 另外，「代動詞」的功能是用來代替出現過的「動詞」及其後的「其他詞類」，以避免前面的動詞之重複。

英檢中級 / 高中英文 7

壹、例題

一、翻譯測驗

（一）中譯英

　　每次走進書店，總會看到門口的架子上擺滿了國內外雜誌。<u>瀏覽雜誌可以提供我們最新的訊息和多元的知識。</u>閱讀專業雜誌，例如攝影雜誌、汽車雜誌、服裝設計雜誌等，能獲得許多課外資訊。<u>廣泛閱讀既可擴展我們的視野，也可充實我們的人生。</u>

（二）英譯中

　　Flowers have a language of their own. Red roses are the most popular flowers exchanged as they are symbols of love. <u>White roses imply a new beginning while yellow roses symbolize friendship.</u> Every flower sends meaningful information. Therefore, <u>if you want to let a flower do the</u>

talking for you, you had better make sure what message you want to convey.

二、寫作測驗

說明：請依提示在「答案卷」上寫一封約120字的英文信函。

（8至12個句子，不含日期、收信人、寄信人）

提示：(1) 已經是大一新生的 Lisa 收到就讀高三的表妹 Mary 的來信，Mary 在信中表示：由於入學考試將近，自己的壓力相當大。

(2) 以 Lisa 的身分寫一封信鼓勵 Mary，並提供**兩種**減少壓力的方法。

(3) 依下列格式寫出信件，並將寫信的日期、收信人、寄信人謄寫至答案卷上。

May 6, 2017
Dear Mary,

_____
_____
_____
_____
_____
_____

Best,
Lisa

貳、參考範文

一、翻譯測驗

（一）中譯英

　　每次走進書店，總會看到門口的架子上擺滿了國內外雜誌。瀏覽雜誌可以提供我們最新的訊息和多元的知識。閱讀專業雜誌，例如攝影雜誌、汽車雜誌、服裝設計雜誌等，能獲得許多課外資訊。廣泛閱讀既可擴展我們的視野，也可充實我們的人生。

　　Whenever walking into a bookstore, we will always see shelves by the door filled with magazines, domestic and foreign. Browsing magazines can provide us with the latest information and different kinds of knowledge. We can obtain much extracurricular information through reading professional magazines on such topics as photography, automobiles, and fashion design. Extensive reading can not only broaden our visions but also enrich our lives.

（二）英譯中

Flowers have a language of their own. Red roses are the most popular flowers exchanged as they are symbols of love. <u>White roses imply a new beginning while yellow roses symbolize friendship.</u> Every flower sends meaningful information. Therefore, <u>if you want to let a flower do the talking for you, you had better make sure what message you want to convey.</u>

　　各種的花朵都有他們自己的一種花語。紅玫瑰是人們拿來贈送的花朵中最受歡迎的，因爲紅玫瑰是愛情的象徵。<u>白玫瑰暗示一個新的開始，而黃玫瑰則是象徵友誼。</u>每一種花朵都會釋放出有意義的訊息。因此，<u>如果你想要讓一種花來幫你說話，你最好要先確定你想要傳遞什麼訊息。</u>

二、寫作測驗

提示：(1) 已經是大一新生的 Lisa 收到就讀高三的表妹 Mary 的來信，Mary 在信中表示：由於入學考試將近，自己的壓力相當大。

(2) 以 Lisa 的身分寫一封信鼓勵 Mary，並提供**兩種**減少壓力的方法。

(3) 依下列格式寫出信件，並將寫信的日期、收信人、寄信人謄寫至答案卷上。

May 6, 2017 （寫信日期）

Dear Mary, （收信人）

　　（書信問候語）I am so glad to hear from you because we haven't met for ages. （主題句）You said in the letter that you were stressed because of the coming entrance examination.（發展句）I can totally understand your feeling since I also went through the same process last year.（論點）Let me share two methods of relieving pressure with you.

（主題句）First, I suggest that you should make some time to do exercise.（以下為發展句）Owing to the full schedules at school and at the test prep center, I know you hardly have time to do so, but you still need time to relax for a while. You can spare an hour to go jogging with friends at night. Jogging will help relax your muscles and mind.（主題句）Second, as the saying goes, "The purpose of taking a rest is to go farther."（以下為發展句）Just go to bed when you are exhausted. Don't feel guilty about sleeping because you really need time to rest.

（主題句）I hope the methods mentioned above are helpful to you.（發展句）I wish you good luck in the exam.（結論句）Finally, I am looking forward to seeing you soon.

Best,（結尾敬辭）

Lisa（寄信人）

參、解析

作文翻譯：

2017年5月6日

親愛的 Mary：

　　我很高興能夠收到你的來信，因爲我們已經很久沒見面了。你在信中說到：因爲卽將到來的入學考試，所以你覺得壓力很大。我完全可以理解你的感受，因爲我去年也經歷了同樣的過程。我跟你分享兩個減輕壓力的方法：

　　一、我建議你應該要空出一些時間來運動。由於學校和補習班的那些滿檔的行程表，我知道你幾乎沒有時間這麼做，但是你仍然需要時間來放鬆一下。你可以空出一個小時的時間，晚上跟朋友去慢跑。慢跑會有助於放鬆你的肌肉和心靈。二、俗諺有云：「休息是爲了走更長遠的路。」當你覺得疲憊不堪時，就去睡覺吧。不要覺得睡覺會有罪惡感，因爲你眞的需要時間休息。

　　我希望上述所提到的方法對你有幫助。祝你考試順利。最後，我期待能夠很快跟你見面。

Lisa 謹啟

一、翻譯測驗：

（一）中譯英

1. 每次走進書店，總會看到門口的架子上擺滿了國內外雜誌：

Whenever walking into a bookstore, we will always see shelves by the door filled with magazines, domestic and foreign.。

2.「每次、每當」可以用連接詞 whenever 來譯。

3. 此句（**Whenever** walk**ing** … **, we** …）是「**分詞構句**」的句型。而此句原本的寫法應該是：**Whenever we** walk into a bookstore, **we** …。當「前後子句」的**主詞**「意義相同」時，可將有「連接詞」的從屬子句改為「分詞構句」，先將主詞「省略」，若「動詞」是「主動語態」，則改為「現在分詞」（Ving），以補充說明「主要子句」的「主詞」，而「連接詞」則視「意義需要」決定去留。

4. …，（我們）總會看到 …：… , we will always see …。筆者將此句「被省略的主詞」（我們）還原，並在譯文中作為「主要子句的主詞」（we）。

5. … 門口的架子上擺滿了國內外雜誌：… shelves by the door filled with magazines, domestic and foreign。介係詞片語 by the door 修飾的是前面的名詞 shelves，而形容詞片語 filled with magazines, domestic and foreign 修飾的也是 shelves。另外，介係詞 by 是「在 … 旁邊」。

6. … 國內外（的）雜誌：… magazines, domestic and foreign。當「兩個以上的形容詞」共同修飾「一個名詞」時，可以用「後位修飾」的方式來修飾該名詞，且「這組形容詞」的「前後」都要加個「逗號」，這可視為是「形容詞片語」的「補述」用法。然而，在此句中，該組形容詞正好置於「**句尾**」，所以第二個逗號就直接由「**句號**」取代了。

7. 上述的「形容詞片語」的「補述」用法其實是從「把關代與 be 動詞省略」的「形容詞子句」的「補述」用法轉變而來的，這種寫法可以**強調**「形容詞所描述的特別效果」。然而，這是難度較高的寫法，各位讀者也可以用較簡單的寫法：… shelves by the door filled with **domestic and foreign** magazines，這就是較常見的形容詞的「前位

修飾」的寫法。

8. 瀏覽雜誌可以提供我們最新的訊息和多元的知識：Browsing magazines can provide us with the latest information and different kinds of knowledge.。

9. Brows**ing** magazines ...：這是用「動名詞片語」（Ving）當句子的「主詞」。

10. 提供 ...（某人）...（某物）：provide sb. with sth.。

11. 「訊息、資訊、消息」可以用 information / news 這兩個「不可數名詞」。

12. ... 多元的知識：... different kinds of knowledge。形容詞可以用 different / various / diversified 這三個字。而名詞可以用 kind / sort / type 這三個字。另外，knowledge 也是個「不可數名詞」。

13. 閱讀專業雜誌，例如攝影雜誌、汽車雜誌、服裝設計雜誌等，能獲得許多課外資訊：We can obtain much extracurricular information through reading professional magazines on such topics as photography, automobiles, and fashion design.。

14. 筆者在此句的譯文使用「逆譯法」的翻譯技巧，先翻譯「後半段」的句子（能獲得 ... 資訊），再翻譯「前半段」的句子（閱讀 ... 雜誌等），這樣的順序比較符合英文句子的語言習慣。

15. （透過）閱讀專業雜誌，例如攝影雜誌、汽車雜誌、服裝設計（等主題的）雜誌等，...：... through reading professional magazines on such topics as photography, automobiles, and fashion design。

16. 筆者在此將被省略的「透過」及「等主題」等文字還原，以幫助讀者理解。因此，「透過」用介係詞 through 來譯，所以後面接動名詞片語 reading … design。

17. magazines on **such** topics **as** …：介係詞 on 表示「關於 … 的」，所以 magazines on … 就是「關於 … 的雜誌」。such as 可以分開寫，把 such 寫在**複數名詞**前面，而 as 後面則是該名詞的「例子」，所以也可以用較簡單的寫法改寫為：magazines on topics, **such as** …。另外，such as 合併使用時，後面的例子如果超過一個，通常會在 such as 前面加個「逗號」。

18.「主題」可以用 topic / theme 這兩個名詞。而 photography 跟 fashion design 這兩個字則是「不可數名詞」。另外，「服裝設計」可以用 fashion design 或 dress design 這兩個名詞。

19. … ，（我們）能獲得許多課外資訊：We can obtain much extracurricular information …。此句中文的主詞就是前面的「… 提供**我們**最新的 …」中的「我們」，所以筆者在英文的譯文中增譯了 We 這個「主詞」。

20. 廣泛閱讀既可擴展我們的視野，也可充實我們的人生：Extensive reading can not only broaden our visions but also enrich our lives.。

21. 既可 … 也可 …：not only … but also …。

22.「擴展」可以用 broaden / widen / expand 這三個動詞。

23.「視野」可以用 vision / horizon 這兩個名詞。

（二）英譯中

1. Flowers have a language of their own.：各種的花朵都有他們自己的一種花語。

2. of one's own 是「只屬於某人自己的」，而所有格形容詞 their 指涉的是前面的複數名詞 flowers。

3. Red roses are the most popular flowers exchanged as they are symbols of love.：紅玫瑰是人們拿來贈送的花朵中最受歡迎的，因為紅玫

瑰是愛情的象徵。

4. 動詞 exchange 原意是「交換」，而這裡的 exchanged 是表示「被動」語態的「過去分詞」當「形容詞」用，修飾的是前面的 flowers，所以在此是指「贈送」的意思。另外，如果此句直接翻譯成「… 是被拿來贈送的花朵中 …」的話較不通順，所以應該翻成「… 人們拿來贈送的花朵中 …」。

5. 連接詞 as 是「因為」的意思。另外，代名詞 they 指涉的是前面的名詞 red roses。

6. White roses imply a new beginning while yellow roses symbolize friendship.：白玫瑰暗示一個新的開始，而黃玫瑰則是象徵友誼。

7. 連接詞 while 是「而、然而」。

8. Every flower sends meaningful information.：每一種花朵都會釋放出有意義的訊息。

9. 動詞 send 是「發出」，在此譯成「釋放出」較通順。

10. Therefore, if you want to let a flower do the talking for you, you had better make sure what message you want to convey.：因此，如果你想要讓一種花來幫你說話，你最好要先確定你想要傳遞什麼訊息。

11. if you want to … you had better …：這是表達一件「有可能發生」的事，所以這裡的 if 子句是「**條件句**」，時態要用「現在式」，主要子句的時態也要用「現在式的助動詞」，但 **had better** 這個「**助動詞**」是個「**慣用語**」，這是用來表示「**現在**或**未來**最好做 …（某事）」的建議之意，所以是**沒有**詞性變化的「**固定用法**」，並非表示過去式。

12. … **let** a flower **do** the talking for you …：這裡的 let 是個「使役動詞」，所以受詞後面用「原形動詞」（do）。

13. ... make sure (that) what message you want to convey：make sure ... 是「確定 ...」的意思，後面可接「名詞子句」，而 ... (that) what message you want to convey 就是個名詞子句。另外，及物動詞 convey 可譯成「傳遞、傳達」，其「受詞」就是前面的 what message。

二、寫作測驗：

1. 本題爲「書信類」的作文，回信的寫作重點有二：

    (1) 由於表妹 Mary 的考試壓力很大，所以要在信中鼓勵她，並提供「**兩種**減壓的方法」。

    (2) 此題爲書信的格式，所以必須將「日期、收信人、寄信人」謄寫到答案卷上。

2. I am so glad to hear from you because we haven't met for ages.：我很高興能夠收到你的來信，因爲我們已經很久沒見面了。

3. hear from sb.：收到 ...（某人）的來信、收到 ...（某人）的消息。而 ... **haven't met** for ages 是「... 已經很久沒見面了」，此句的時態是「現在完成式」，表示「從過去到現在這一段時間的狀態」。

4. You said in the letter that you were stressed because of the coming entrance examination.：你在信中說到：因爲即將到來的入學考試，所以你覺得壓力很大。

5. You said in the letter **that + S + V ...**：及物動詞 say 後面接「that 名詞子句」表示「說話的內容」，而「說到、提到」可以用 say 或 mention 這兩個動詞。另外，介係詞片語 in the letter 在此是當「副詞」，指的是「在信中說的」。

6. ... you were stressed because of the coming entrance examination.：...

因為即將到來的入學考試，所以你覺得壓力很大。

7. 形容詞 stressed 是「緊張的、壓力大的」。because of + N 是「因為」，of 是個「介係詞」，所以後面要加「名詞」（entrance examination）。另外，形容詞 coming 是「即將到來的」。

8. I can totally understand your feeling since I also went through the same process last year.：我完全可以理解你的感受，因為我去年也經歷了同樣的過程。

9. 連接詞 since 是「因為、由於」，後面接表示「原因」的子句，但 **since** 是用來陳述「**已知的事實**」的，所以其意義其實比較接近中文的「**既然**」。因此，用 since 時，要強調的是「主要子句」的「結果」。 另外，**because** 才是用來表達「**直接的原因**」的連接詞。

10. ... went through the same process：... 經歷了同樣的過程。go through 是「經歷」。而「過程」可以用 process / course 這兩個名詞。

11. Let me share two methods of relieving pressure with you.：我跟你分享兩個減輕壓力的方法。

12. let 是個「使役動詞」，所以受詞後面的動詞 share 要用「原形動詞」。而 share sth. with sb. 是「與 ...（某人）分享 ...（某事、物）」。另外，Let me share ... with you 若直接翻譯是「讓我來跟你分享 ...」，但這樣的中文不太通順，所以譯成「我跟你分享 ...」比較通順。

13. method of + Ving ... 是「... 的方法」，若是用 of，是指「如何做 ...（某事）」的方法。而 method for + Ving ... 是「用來 ... 的方法」，若是用 for，則是強調採用什麼方法可以達成什麼「目的」。但在許多語境中，用這兩個介係詞的差異並不大，所以此句也可寫成：
Let me share two methods **for** relieving pressure with you.。

14. First, I suggest that you should make some time to do exercise.：一、

我建議你應該要空出一些時間來運動。

15. S + suggest (that) + S + (should) + 原 V …：及物動詞 suggest 後面可以加「名詞子句」當「受詞」，在該名詞子句中，會有 should 這個助動詞。然而，除了連接詞 that 會被省略以外，**should** 也經常**被省略**，但動詞的部分還是要用「**原形動詞**」。

16. make time to + v …：空出時間來 …。time 指「時間」時是個「不可數名詞」，沒有複數形，但可以用 some 這個形容詞來修飾之。

17. Owing to the full schedules at school and at the test prep center, I know you hardly have time to do so, but you still need time to relax for a while.：由於學校和補習班的那些滿檔的行程表，我知道你幾乎沒有時間這麼做，但是你仍然需要時間來放鬆一下。

18. owing to …：由於、因為 …。owing to 這個介系詞與 because of 是「同義詞」，用法也相同，後面都是接「名詞」，而且所形成的「介系詞片語」是當「副詞」用，所以是修飾整個「句子」，例句如下：He was absent owing to / because of sickness.。

19. 然而，還有一個類似的片語是 due to，due to 後面也是接名詞，**due to** 雖然也是「因為」的意思，但 **due** 這個字卻是個「**形容詞**」，所以 **due to** 只能放在 **be 動詞**後面，也就是只能用來**修飾** be 動詞**前面的**「名詞」。另外，也可以用 caused by 這個片語來代替 due to，如果在句子中可以替換，那用 due to 就是正確的，但如果替換後語意**不通**，那就應該用 **because of**，例句如下：His absence was due to / cause by sickness.。

20. test prep center 是「補習班」，雖然很多書都說補習班是 cram school，但英語系國家的人**不會**用這個詞，因為這是個有負面意義的貶義詞。test prep center 的完整寫法是 test preparation center，其字面意義是「考試準備中心」，但其實就是我們所說的

爲了考「大學、研究所」等入學考試而去上課的補習班。

21. ... I know (that) you hardly have time to do so ...：... 我知道你幾乎
沒有時間這麼做 ...。此句的連接詞 that 省略掉了，所以後面的
「that 名詞子句」就是及物動詞 know 的「受詞」。另外，**hardly** 是
「幾乎不」，這是個具有否定意義的「**否定副詞**」。

22. ... to do so ... 是「... 這麼做 ...」，在此句指的是前面的「運動」（to
do exercise）這件事。另外，**do so** ... 主要是用在前面已提過的**同
一個人**的**同一個行爲**。因此，在此的「同一個人」就是（**you**
should make some time to **do exercise**）的「你」（指表妹 Mary），
而「同一個行爲」（**you** hardly have time to **do so**）就是指「運動」這
件事。

23. ... to relax for a while：... 來放鬆一下。這裡的 **relax** 是「**不及物動
詞**」的用法，所以後面**無需**接名詞。而 for a while 是「一下子、一
會兒」。

24. You can spare an hour to **go** jog**ging** with friends at night.：你可以空
出一個小時的時間，晚上跟朋友去慢跑。

25. 動詞 spare 是「空出、騰出（時間、人手等）」之意。而 go +
Ving ... 是「去（從事 ...戶外活動）」。

26. Jogging will help relax your muscles and mind.：慢跑會有助於放鬆
你的肌肉和心靈。

27. ... help (to) relax ...：help 後面若要接動詞，不定詞 to 可以省略，
直接接「原形動詞」。

28. ... relax your muscles and mind：這裡的 **relax** 就是「**及物動詞**」的用
法，所以後面的 your muscles and mind 就是「**受詞**」。

29. Second, as the saying goes, "The purpose of taking a rest is to go
farther."：二、俗諺有云：「休息是爲了走更長遠的路。」

30. farther 是副詞 far 的比較級。然而，**far** 有「**形容詞**」與「**副詞**」兩種詞性，這兩種詞性也都有兩個「**比較級**」：一個是 farther，這通常指的是「（具體的距離）(adj)更遠的、(adv)更遠地」。而 far 的另一個比較級是 further，這通常指的是「（抽象的程度）(adj)更進一步的、(adv)更進一步地」。

31. Just go to bed when you are exhausted.：當你覺得疲憊不堪時，就去睡覺吧。

32. Just go to bed：just 是個「副詞」，所以此句是個用「原形動詞」開頭的「祈使句」，而這類祈使句其實就是把「主詞 you」給省略掉了。

33. go to bed 是「去睡覺」這個動作。然而，還有一個易混淆的片語是 go to sleep，這是「入睡、睡著」（fall asleep）之意，指的是「已經睡著」的狀態。另外，go to sleep 還有「（手、腳）麻木、發麻」的意思。

34. Don't feel guilty about sleeping because you really need time to rest.：不要覺得睡覺會有罪惡感，因為你真的需要時間休息。

35. Don't feel guilty ...：don't 是個具有**否定意義**的「**助動詞**」，所以此句也是個用「原形動詞」開頭的祈使句。

36. Don't feel guilty about sleeping ...：形容詞 guilty 是「有罪的、有過失的」，後面若接介係詞 about 時，是「內疚的」之意，所以此句若直接翻譯是「不要覺得睡覺會很內疚 ...」，但這樣的語意很奇怪，所以翻成「不要覺得睡覺會有罪惡感 ...」比較通順。

37. 另外，about 後面用動名詞 sleeping 是為了**強調**「睡覺」這個**動作**，因為**動名詞**除了具有**名詞**的**功能**外，還保留了**動詞**的**特性**。

38. I hope the methods mentioned above are helpful to you.：我希望上述所提到的方法對你有幫助。

39. I hope (that) the methods ... to you：此句（that the methods ... to

you）是個「名詞子句」，在此是當及物動詞 hope 的「受詞」。另外，名詞子句連接詞 that 可以省略。

40. the methods mentioned above：mentioned above 是用來修飾先行詞 the methods 的「形容詞片語」。另外，此句原本的寫法是：the methods **which are** mentioned above，若保留「關代跟 be 動詞」，則此句（which are mentioned above）就是「形容詞子句」。

41. S + be helpful to sb.：「主詞」對「某人」是有幫助的。而介係詞要用 to。

42. I wish you good luck in the exam.：祝你考試順利。

43. wish + sb. + sth.：祝福 …（某人）…（某事）。wish 在此是「授與動詞」的用法，所以要接「兩個受詞」，其中「某人」是「間接受詞」，而「某事」是「直接受詞」。

44. Finally, I am looking forward to seeing you soon. ：最後，我期待能夠很快跟你見面。

45. I **am** look**ing** forward to seeing you：look forward to 這個片語用「現在進行式」來表達時，是指更強烈的渴望、期待，這是用在「較熟、關係較親近的對象」的書信中。另外，這裡的 to 是個「介係詞」，所以後面要接「名詞或動名詞」。

英檢中級 / 高中英文 8

108 外語群英語類

壹、例題

一、翻譯測驗

（一）中譯英

　　當土壤不再被樹籬保護並且很容易被強風吹走時，就會造成土壤侵蝕(soil erosion)。(As...)隨著世界人口持續增加，各國正以不同的速度失去土壤。土壤侵蝕通常發生得如此緩慢，以至於需要數十年才會變成問題。25年的時間，土壤流失會是25毫米，但大自然需要大約500年的時間生成土地彌補回來。

（二）英譯中

Most people are curious about what scientists do for their jobs. <u>You may picture them looking through microscopes or doing experiments in white coats in a laboratory.</u> Scientists often have a reputation for being intelligent, but not necessarily brave. <u>The nature of science is to solve problems, explore mysteries, and investigate the world around us.</u> As a result, they often put themselves at risks.

二、寫作測驗

說明：請依提示在「答案卷」上寫一封約120字（8至12個句子，不含日期、收信人、寄信人）的英文信函。

提示：

(1) 寒假期間 Helen 和家人出外旅遊，並在一家飯店投宿，他們對飯店的設施、服務及早餐不甚滿意。

(2) 請你以 Helen 的身份，擬一封信給飯店經理，指出不滿意之處，建議飯店可以改善的方法，並提出你希望的補償。

(3) 依下列格式寫出信件，並將寫信的日期、收信人、寄信人謄寫至答案卷上。

May 4, 2019

Dear Manager,

_____

_____

_____

_____

_____

_____

_____

_____

_____

_____

_____

Sincerely,

Helen

貳、參考範文

一、翻譯測驗
（一）中譯英

當土壤不再被樹籬保護並且很容易被強風吹走時，就會造成土壤侵蝕(soil erosion)。<u>(As...)隨著世界人口持續增加，各國正以不同的速度失去土壤。土壤侵蝕通常發生得如此緩慢，以至於需要數十年才會變成問題。</u>25年的時間，土壤流失會是25毫米，但大自然需要大約500年的時間生成土地彌補回來。

When soil is no longer protected by hedges and is easily blown away by strong wind, it will cause soil erosion. <u>As the world's population continues to increase, every country is losing its soil at a different rate. Soil erosion usually occurs so slowly that it takes decades to become a problem.</u> The amount of soil loss is 25 millimeters in a period of 25 years, but it takes Nature about 500 years to recover through soil formation process.

（二）英譯中

　　Most people are curious about what scientists do for their jobs. <u>You may picture them looking through microscopes or doing experiments in white coats in a laboratory.</u> Scientists often have a reputation for being intelligent, but not necessarily brave. <u>The nature of science is to solve problems, explore mysteries, and investigate the world around us.</u> As a result, they often put themselves at risks.

　　大多數的人對於科學家的工作都在做什麼感到好奇。<u>你可能會想像他們在實驗室裡身著白袍在透過顯微鏡觀看或是在做實驗。</u>科學家通常都是以聰明才智而聞名，但卻不一定很勇敢。<u>科學的本質是解決問題、探索奧秘以及研究我們周遭的世界。</u>因此，他們通常都會使自己置身於危險之中。

二、寫作測驗

說明：請依提示在「答案卷」上寫一封約120字（8至12個句子，不含日期、收信人、寄信人）的英文信函。

提示：

(1) 寒假期間 Helen 和家人出外旅遊，並在一家飯店投宿，他們對飯店的設施、服務及早餐不甚滿意。

(2) 請你以 Helen 的身份，擬一封信給飯店經理，指出不滿意之處，建議飯店可以改善的方法，並提出你希望的補償。

(3) 依下列格式寫出信件，並將寫信的日期、收信人、寄信人謄寫至答案卷上。

May 4, 2019

Dear Manager,

（主題句）My family and I stayed at your hotel for three days during the winter vacation. （論點）Unfortunately, we were not satisfied with the hotel's facilities, the service, and the breakfast.

（主題句）First, the facilities in the gym were so old that my brother almost got hurt. （發展句）While he was running on a treadmill, the belt suddenly stopped and he also fell from the treadmill. （主題句）Second, when I reported this problem to receptionists and asked them to have a mechanic check the treadmill, they just said they had no right to do so, and then they did nothing but post a "Do Not Use" sign on it. （發展句）The attendants should have tried to meet customers' needs as hard as possible. （主題句）Third, there was also a problem with the breakfast we ate. （以下為發展句）The pork of the hamburgers was slightly stale. My parents had stomachaches after eating the hamburgers.

（主題句）Therefore, we will be grateful if you can refund us 2,000 NT dollars as compensation. （發展句）Frankly speaking, the hotel still leaves much to be desired. （結論句）If you can correct the problems mentioned above as soon as possible, I believe the hotel will become a better one.

Sincerely,

Helen

參、解析

作文翻譯：

2019年5月4日

尊敬的經理：

　　我和我的家人在寒假期間住了貴旅館三天。不幸的是：我們對於旅館的設施、服務及早餐都不甚滿意。

　　第一、健身房的設施是如此地老舊，以至於我弟弟差點受傷。他在跑步機上跑步的時候，跑帶突然停止，而他也從跑步機上跌下來。第二、當我把這個問題回報給接待員並請求他們叫一位技工來檢查跑步機時，他們只說他們沒有權力這麼做，然後他們除了在跑步機上貼一張「請勿使用」的標示以外，什麼也沒做。那些服務員當時應該盡最大努力試著達成顧客的需求。第三、我們當時吃的早餐也有問題。漢堡的豬肉不太新鮮。我父母吃了漢堡以後都肚子痛。

　　因此，如果您可以退款2000元台幣給我們做為補償，我們將不勝感激。坦白說：貴旅館仍然有許多進步的空間。如果您能夠盡快改正上述提到的問題，我相信貴旅館將會成為一間更好的旅館。

Helen 謹啟

一、翻譯測驗：

（一）中譯英

1. 當土壤不再被樹籬保護並且很容易被強風吹走時，就會造成土壤侵蝕(soil erosion)：When soil is no longer protected by hedges and is easily blown away by strong wind, it will cause soil erosion.。

2. 不再被 … 保護：**is** no longer **protected** by …。此句爲「被動語態」的句型。另外，片語 no longer … 是「不再 …」。

3. 很容易被 … 吹走：**is** easily **blown** away by …。此句亦爲「被動語態」的句型。

4. … 就會造成土壤侵蝕：… it will cause soil erosion。此句英文的「代名詞 it」指的是前一個句子「土壤不再被樹籬保護且很容易被強風吹走」這件事。

5. 隨著世界人口持續增加，各國正以不同的速度失去土壤：As the world's population continues to increase, every country is losing its soil at a different rate.。

6. 世界人口：the world's population。「世界（的）」有以下三種寫法：可以用「所有格」的 world's 或是「名詞」的 world，也可以用「形容詞」的 global。

7. … 持續增加：… continues to increase。「增加」可以用 increase 或 grow 這兩個不及物動詞。

8. 各國 … ：every country … 。後面的所有格 its 所指涉的是前面的單數名詞 every country。而「國家」可以用 country / nation 這兩個名詞。

9. … 正以不同的速度失去土壤：… **is** los**ing** its soil at a different rate。此句要用「現在進行式」來表達「正（在）…」。而「以 … 速度」是 **at** a … rate，介係詞要用 at。

10. 土壤侵蝕通常發生得如此緩慢，以至於需要數十年才會變成問題：Soil erosion usually occurs so slowly that it takes decades to become a problem.。

11. 「發生」可以用 occur / happen / take place 這三個動詞。

12. … 發生得**如此**緩慢，**以至於** … ：… occurs **so** slowly **that** … 。

13. 「如此 … 以至於 …」要用 so … that + S + V … 的句型。如果副詞 so 前面是「**be** 動詞或**連綴**動詞」，so 後面就是接「**形容詞**」；如果 so 前面是「**一般動詞**」，so 後面就是放「**副詞**」（此句的 so 前面是一般動詞 occur，後面就是放副詞 slowly）。另外，前面的**主要子句**是陳述「**原因**」，而 **that** 副詞子句是陳述「**結果**」。

14. … 需要數十年才會 … ：… it takes decades to + v … ：這裡的 take 是「需要、花費（時間）」的意思，其句型為 **it** + **take** + 時間 + **to** + **v** …，而前面的「代名詞 it」是「虛主詞」，其所代替的「真主詞」是後面的「不定詞片語」。

15. 25年的時間，土壤流失會是25毫米，但大自然需要大約500年的時間生成土地彌補回來：The amount of soil loss is 25 millimeters in a period of 25 years, but it takes Nature about 500 years to recover through soil formation process.。

16. （在一段）25年的時間（裡）… ：… in a period of 25 years。英文的句子通常都是將表達時間的介係詞片語放在「句尾」。

17. 土壤流失（的量）… ：the amount of soil loss …。「土壤流失」這個詞在此指的是「土壤流失的數量」，所以筆者在翻譯時將 the amount 這個名詞補回來。

18. 25 millimeters：25毫米。millimeter 若是寫成完整的單字，就要在此名詞的「字尾」加上表示複數形的-s，但這類的度量衡單位通常都是縮寫成25 mm。

19. 大自然需要大約500年的時間 … ：it takes Nature about 500 years to + v …。

20. 這裡的 take 也是「需要、花費（時間）」的意思，有兩種句型可使用：（1）it + take + **sb** 時間 + to + v …。（2）it + take + 時間 + **for** + **sb** + to + v …。因此，此句（it takes **Nature** about 500 years

to + v …）也可改成：it takes about 500 years **for Nature** to +
v …。

21. 「大自然」是 Nature。nature 指「大自然、自然界」時是「不可數名
詞」，且首字母通常是大寫。

22. … 生成土地彌補回來：… recover through soil formation process。
此句指的是「大自然需要500年的時間才能產生25釐米的泥土」，
所以翻譯成「透過土壤形成的過程復原」。

（二）英譯中

1. Most people are curious about what scientists do for their jobs.：大多
數的人對於科學家的工作都在做什麼感到好奇。

2. … what scientists do for their jobs：此句是個「名詞子句」。**複合關代**
what 等於 **the thing(s) that**，且 what 引導的是「**名詞子句**」，what
在此也是及物動詞 do 的「受詞」，而「整個名詞子句（what …
jobs）」則是作為介係詞 about 的「受詞」。另外，介係詞 for 是
「在 … 方面」。

3. You may picture them looking through microscopes or doing
experiments in white coats in a laboratory.：你可能會想像他們在實
驗室裡身著白袍在透過顯微鏡觀看或是在做實驗。

4. **picture** them loo**k**ing through … or do**ing** …：想像他們在透過 … 觀
看或是在做 …。這裡的 **picture** 是個「**不完全及物動詞**」，因為是
「**及物**動詞」，所以要加「**受詞**」，而因為「語意**不完全**」，所以在受
詞後面要加「**現在分詞**」（Ving …）當「**受詞補語**」，以補充說明受
詞並使句子的意義變完整，其句型為：S + picture (Vt) + O +
Ving … (O.C)。

5. Scientists often have a reputation for being intelligent, but not

necessarily brave.：科學家通常都是以聰明才智而聞名，但卻不一
定很勇敢。

6. have a reputation for ...：以 ... 而聞名。

7. Scientists ... for be**ing** intelligent：形容詞 **intelligent** 是用來**修飾**前
面的主詞 **scientists** 的，所以是指：Scientists **are** intelligent.（科學
家都很聰明。）的意思。因此，此句就是將形容詞移到介係詞 for
的後面，但 for 後面**不可**直接接形容詞，形容詞 intelligent 前必須
有 **be 動詞**，但 be 動詞因爲是放在 for 的後面，所以 be 動詞要改爲
動名詞 being。

8. ... , but not necessarily brave.：... ，但卻不一定很勇敢。此句的意思
是「... ，但（他們）卻不一定很勇敢」。因此，筆者將此句省略的
字還原，以幫助讀者理解：... , but **they are** not necessarily brave.。
複數代名詞 they 指的就是前面的 scientists，後面的形容詞 **brave**
是「主詞補語」，所以也要有 **be 動詞**來連接。

9. The nature of science is to solve problems, explore mysteries, and
investigate the world around us.：科學的本質是解決問題、探索奧秘
以及研究我們周遭的世界。

10. 此句的名詞 nature 是「本質」的意思。

11. ... to solve problems, explore mysteries, and investigate ...：筆者在
此將省略的不定詞 to 還原：... to solve problems, (to) explore
mysteries, and (to) investigate ...，所以在此句是用連接詞 and 來連
接三個不定詞片語的。另外，不定詞片語（to + v ...）是表示「目
的」，所以通常是指「要、爲了 ...」的意思。

12. the world around us：此寫法是「介係詞片語」當「形容詞片語」修飾
先行詞（the world），但如果保留「**關代與 be 動詞**」，就是「形容
詞子句」（the world **which is** around us）的寫法。

13. As a result, they often put themselves at risks. ：因此，他們通常都會使自己置身於危險之中。

14. put sb. at risk 是「使 …（某人）置於險境、處於危險的狀態」。另外，這個片語的 risk 是個「不可數名詞」，所以此句比較適當的寫法應該是：As a result, they often put themselves at **risk**.。

二、寫作測驗：

1. 本題是「書信類」文章的作文，且是少見的反應問題的「抱怨信」，本題的寫作重點是：

（1）寫出 Helen 一家人對該飯店的設施、服務、早餐皆不滿意。

（2）建議飯店可以改進的方法並提出希望的補償。

然而，寫作時必須要注意的是：

（1）只需將「所遇到的問題」平和地表達出來，**切勿**在信中使用**斥責**或**情緒性**的言詞。

（2）所提出的補償請求須「合理」，**請勿**提出**太過離譜**的要求。

2. My family and I stayed at your hotel for three days during the winter vacation. ：我和我的家人在寒假期間住了貴旅館三天。

3. 不及物動詞 stay 是「暫住、留宿」，後面要先接介係詞 at，才可以再接「受詞」。而介係詞 for 是指「一段 …（的）時間」。

4. Unfortunately, we were not satisfied with the hotel's facilities, the service, and the breakfast. ：不幸的是：我們對於旅館的設施、服務及早餐都不甚滿意。

5. be satisfied with … ：對 … 感到滿意。名詞 facility 是「（此字常用「**複數形**」，指包括**建築物**及所提供的**服務**、**設備**等為了**某個目的**所建造的）設施」。

6. First, the facilities in the gym were so old that my brother almost got

hurt. ：第一、健身房的設施是如此地老舊，以至於我弟弟差點受傷。

7. the facilities in the gym were ... ：主詞是 the facilities，介係詞片語 in the gym 在此當「形容詞」修飾前面的名詞，所以動詞是複數形的 were。

8. ... were **so** old **that** + S + V ... ：這是「如此 ... 以至於 ...」（so ... that ...）的句型，此句的副詞 so 前面是 **be 動詞**，所以 so 後面是放**形容詞**，而 **that 副詞子句**則是用來陳述「**結果**」的。

9. get hurt 是「受傷」，這裡的 hurt 是個**形容詞**，所以前面的 get 是個「**連綴動詞**」。

10. While he was running on a treadmill, the belt suddenly stopped and he also fell from the treadmill. ：他在跑步機上跑步的時候，跑帶突然停止，而他也從跑步機上跌下來。

11. 連接詞 while 是「當 ... 的時候」，通常都是搭配「過去進行式」，以表示一個時間較長且有持續性的「背景動作」，而**主要子句**則用來描述發生了某個「**個別事件**」。

12. fall from ... / fall off ... 是「從 ... 上跌下來」，介係詞可從 from 或 off 這兩個字擇其一。

13. Second, when I reported this problem to receptionists and asked them to have a mechanic check the treadmill, they just said they had no right to do so, and then they did nothing but post a "Do Not Use" sign on it. ：第二、當我把這個問題回報給接待員並請求他們叫一位技工來檢查跑步機時，他們只說他們沒有權力這麼做，然後他們除了在跑步機上貼一張「請勿使用」的標示以外，什麼也沒做。

14. report sth. to sb. ：把 ...（某事）向 ...（某人）回報、報告。另外，「這個問題」（this problem）指的是前面所說的「跑步機壞

掉，而且我弟弟從跑步機上摔下來」這件事。

15. ... asked them to **have** a mechanic **check** the treadmill：... 請求他們叫一位技工來檢查跑步機。此處的 have 是「**使役動詞**」，表示「使、叫、讓」的意思，所以受詞後面用「**原形動詞**」（check）。另外，複數代名詞 they / them 在此指的是前面的複數名詞 receptionists。

16. ... had no right to do so：... 沒有權力這麼做。此處的 to do so 指的是前面的「找一位技工來檢查跑步機」（to have a mechanic check the treadmill）這件事。

17. ... they did nothing but post a "Do Not Use" sign on it：... 他們除了在跑步機上貼一張「請勿使用」的標示以外，什麼也沒做。「do nothing but + 原 V」是「除了 ... 以外，什麼也沒做」的意思。連接詞 but 在此是「除了 ... 以外」（except）之意，而 but 後面要加「**原形動詞**」。另外，代名詞 it 指的是前面的 the treadmill。

18. a "Do Not Use" sign：一張「請勿使用」的標示。

19. The attendants should have tried to meet customers' needs as hard as possible.：那些服務員當時應該盡最大努力試著達成顧客的需求。

20. **should have** + 過去分詞（**PP**）指的是「當時應該 ...」的意思，這是一種「與**過去事實相反**」的假設語氣，是用來對「當時**該做**某事但卻**未做**」的陳述。

21. 這裡的 The attendants 指的也是前面的複數名詞 receptionists。

22. 另外，as hard as possible 的 hard 是「努力」的意思，這個 **hard** 是用來**修飾**前面的**主要動詞 tried** 的「**副詞**」。

23. Third, there was also a problem with the breakfast we ate.：第三、我們當時吃的早餐也有問題。

24. There is a problem with …：在 … 方面有個問題。介係詞要用 with。另外，there be … 句型表示「有 …、存在 …」之意。

25. … the breakfast we ate：原寫法是：… the breakfast (which) we ate。(which) we ate 是「形容詞子句」，用來修飾先行詞 the breakfast。另外，關代 which 在此「形容詞子句」中是「受詞」，所以可以省略。

26. The pork of the hamburgers was slightly stale.：漢堡的豬肉不太新鮮。

27. 主詞是 The pork，而 of the hamburgers 是「介係詞片語」當「形容詞」修飾 the pork，所以動詞用單數形的 was。

28. 形容詞 stale 是「不新鮮的」，而 slightly stale 的字面意義是「稍微不新鮮」，但中文翻譯成「不太新鮮」較通順。

29. My parents had stomachaches after eating the hamburgers.：我父母吃了漢堡以後都肚子痛。

30. after **eating** the hamburgers 是「分詞構句」，此句原本的寫法是：after **they ate** the hamburgers，主詞 they 指的是前面的 My parents，由於前後子句的主詞相同，所以就可以將連接詞後面的主詞省略，而動詞 ate 由於是「主動語態」，所以改爲「現在分詞」（Ving）。

31. Therefore, we will be grateful if you can refund us 2,000 NT dollars as compensation.：因此，如果您可以退款2000元台幣給我們做爲補償，我們將不勝感激。

32. 這裡的 if 子句是「有可能發生的事」，所以在 **if 子句**用「**現在式的助動詞**」加「**原形動詞**」（can refund），而**主要子句**也用「**現在式的助動詞**」加「**原形動詞**」（will be）。另外，**will** 雖然是表示「未來」的助動詞，但這個助動詞**本身的時態**其實是「**現在式**」的（其「過

去式」是 would）。

33. refund＋人＋錢：退款 …（多少錢）**給** …（某人）。

34. Frankly speaking, the hotel still leaves much to be desired.：坦白說：貴旅館仍然有許多進步的空間。

35. S ＋ leave much to be desired 是「（主詞(S) ）還有很多進步的空間、還有許多的不足之處」。另外，此句型的 much 是個「不可數名詞」，是「許多（事、物）」之意。

36. If you can correct the problems mentioned above as soon as possible, I believe the hotel will become a better one.：如果您能夠盡快改正上述提到的問題，我相信貴旅館將會成爲一間更好的旅館。

37. 動詞 correct 是「改正、糾正」。

38. the problems mentioned above 是「上述提到的問題」，在此指的是「旅館健身房的設施老舊、不周到的服務以及不太新鮮的早餐」這些問題。原寫法是：the problems **which are** mentioned above，但筆者把關代及 be 動詞都**省略**，只留下**過去分詞片語** mentioned above 來修飾**先行詞** the problems 的寫法較簡潔。

39. as soon as possible：盡快。副詞 soon 是修飾動詞 correct 的。

40. I believe (that) the hotel … one：此句的(that) the hotel … one 是個由 that 引導的「**名詞子句**」，在此是當及物動詞 believe 的「**受詞**」，所以名詞子句連接詞 that 可以省略。

41. 在句子中只要語意夠清楚，爲了**避免**重複使用同一個「單數名詞」，就可以使用「不定代名詞 one」，來代替前面提到的名詞。因此，在此就用代名詞 **one** 來**代替**前面提到的名詞 **hotel**。換言之，此句就是：… the **hotel** will become a better **hotel** 的意思，但這種寫法就重複 hotel 這個名詞了。

英檢中級 / 高中英文 9

壹、例題

中譯英：

(1) 你花好幾小時用手機和朋友閒聊嗎？這不僅耗電，也很傷荷包。降低手機費的一個簡單方法就是少打不必要的電話。然後算出你一個月需要的通話分鐘，選擇適合的費率方案。

(2) 專家估計，全世界大約四分之一的人口（15億人）可以用相當流利的英文溝通。數以百萬的人都在學習英文，原因很簡單：這是國際商務的語言，因此也是成功繁榮的關鍵。

(3) 民眾坐在公共運輸工具的博愛座是否應該讓座？因為當某人看起來沒事，並不表示他真的沒事。不過，如果你沒病痛，就應該讓座給身障者、懷孕者或年長者，這是合乎道德且可接受的選擇。

貳、參考範文

中譯英：

(1) 你花好幾小時用手機和朋友閒聊嗎？這不僅耗電，也很傷荷包。降低手機費的一個簡單方法就是少打不必要的電話。然後算出你一個月需要的通話分鐘，選擇適合的費率方案。

Do you often spend hours chatting with friends on your cell phone? This wastes not only electricity but also money. One simple way to lower your cell phone bill is to reduce unnecessary phone calls. Then, count how many voice minutes you need per month, and choose a suitable pricing plan.

(2) 專家估計，全世界大約四分之一的人口（15億人）可以用相當流利的英文溝通。數以百萬的人都在學習英文，原因很簡單：這是國際商務的語言，因此也是成功繁榮的關鍵。

Experts estimate that about a quarter of the global population (1.5 billion people) can communicate in English quite fluently. Millions of people are learning English. The reason is simple: This is an international business language and hence is also the key to success and prosperity.

(3) 民眾坐在公共運輸工具的博愛座是否應該讓座？因為當某人看起來沒事，並不表示他真的沒事。不過，如果你沒病痛，就應該讓座給身障者、懷孕者或年長者，這是合乎道德且可接受的選擇。

Should people give up seats when sitting in priority seats on public transport? Even if someone looks fine, it doesn't mean he is really fine. However, if you are in good health, just offer your seat to the physically challenged, the pregnant, or the aged, which is a morally acceptable choice.

參、解析

中譯英：

（一）

1. 你花好幾小時用手機和朋友閒聊嗎？：Do you often spend hours chatting with friends on your cell phone?。

2. 你（經常）花好幾小時 …：Do you often spend hours …。筆者將被省略的「經常」兩個字還原，以幫助讀者理解，而且這樣此句的中文也比較通順。

3. 「用（某人的）手機和 … 閒聊」是 chat with … **on** one's cell phone，介係詞 on 是「（用機器、設備）使用、透過」。另外，spend 後面的動詞要改用「動名詞」（cha**tting**）的形式。

4. 這不僅耗電，也很傷荷包：This wastes not only electricity but also money.。

5. 代名詞 This 指的是前一句的「花時間用手機聊天」這件事。另外，「不僅 … 也 …」可以用 not only … but also … 這組「相關連接詞」來譯。

6. 再者，「不僅耗電，也很傷荷包」的意思是「既浪費電又浪費錢」，所以可以用同一個英文動詞來翻譯，即 waste 這個字，而 electricity 跟 money「這兩個名詞」都是 waste 的「受詞」。

7. 降低手機費的一個簡單方法就是少打不必要的電話：One simple way to lower your cell phone bill is to reduce unnecessary phone calls.。

8. 「降低」可以用 lower 這個動詞。另外，不定詞片語 **to** lower your

cell phone bill 在此是當「形容詞」，用來修飾前面的名詞 One simple way，指的是「一個**可以降低手機費的**簡單方法」。

9.「手機費」在此是指「手機通訊費的帳單」，所以是：cell phone bill。

10.「... 少打不必要的電話」是 ... to reduce unnecessary phone calls。而 phone call 是「電話的通話」。

11. 然後算出你一個月需要的通話分鐘，選擇適合的費率方案：Then, count how many voice minutes you need per month, and choose a suitable pricing plan.。

12. 此句是用「對等連接詞 and」來連接兩個單句的「合句」，而且這兩個獨立子句都是以「原形動詞」（count 跟 choose）開頭來表達「建議」的「祈使句」。

13. ... 你（每）一個月需要的通話分鐘：... how many voice minutes you need per month。此句（how ... month）是「名詞子句」，在此是當及物動詞 count 的「受詞」。而介係詞 per 是「每一個」的意思。

14.「費率方案」是 pricing plan / package，「方案」可以用 plan / package 這兩個名詞。

（二）

1. 專家估計，全世界大約四分之一的人口（15億人）可以用相當流利的英文溝通：Experts estimate that about a quarter of the global population (1.5 billion people) can communicate in English quite fluently.。

2.「四分之一的 ...」是 a quarter of ...。另外，此句（that ... fluently）是「名詞子句」當及物動詞 estimate 的「受詞」。

3.「全世界（的）...」可以用 the global、the world's 或是 the

world …。而名詞 billion 是「十億」的意思。

4. 「用 …（語言）溝通」是 communicate **in** …。「以 … 語言、文字」說話或書寫的介係詞要用 in。

5. 數以百萬的人都在學習英文，…：Millions of people are learning English. …。

6. 此句的時態要用「現在進行式」來表達「都在 …」的語意。另外，此句中文的標點符號是用「逗號」，以表示此句尚未結束。然而，筆者將此句單獨出來譯為一句英文，以免句子太長，且這樣分句翻譯後，英文的譯文也比較符合邏輯，並使兩個譯文的句子分別表達出不同訊息的重點。

7. …，原因很簡單：這是國際商務的語言，因此也是成功繁榮的關鍵：… **.** The reason is simple: This is an international business language and hence is also the key to success and prosperity.。

8. 原因很簡單：…：The reason is simple: …。中文的冒號可以用來引導出下面要說的話，而英文的冒號也具有類似的功能，可以用來引導出「解釋或說明」。另外，冒號後面的句子如果是本句所要強調的重點，則要以大寫字母開頭。

9. This **is** … and hence **is** …：「代名詞 This」是指前面的「名詞 English」，而 This 是這個句子的「主詞」，句子的「動詞」是兩個 be 動詞（is），而 hence 是個「副詞」，所以在 hence 前面要放個「連接詞 and」來連接兩個 be 動詞。

10. 「… 的關鍵」是 the key to …，而名詞 key 的**介係詞**要用 **to**。

（三）

1. 民眾坐在公共運輸工具的博愛座是否應該讓座？：Should people give up seats when sitting in priority seats on public transport?。

2. 這裡的「民眾」指的是「一般人」，因此筆者在此譯為 people（人們）。

3. 「讓座」是 give up (one's) seat，可以用片語動詞 give up 或是及物動詞 yield 這兩個動詞。

4. ... 坐在公共運輸工具的博愛座（時）：... when sitting in priority seats on public transport。when sitting in ... 是「**分詞構句**」的寫法，較簡單的寫法是：when **they are** sitting in ...，代名詞 they 指的就是前面的 people。

5. 公共運輸工具的博愛座：priority seats on public transport。介係詞片語 on public transport 在此當「形容詞」，修飾前面的 seats。「運輸工具」是用 transport 這個不可數名詞，但也可以用 transportation 這個不可數名詞。

6. 因為當某人看起來沒事，並不表示他真的沒事：Even if someone looks fine, it doesn't mean he is really fine.。

7. 此處的「因為當 ...」這三個字是比較口語的說法，而筆者在此用 **Even if** ...（即使 ...）這個「連接詞」來翻譯。

8. ... 某人看起來沒事：... someone looks fine。look 是個「連綴動詞」，所以後面可以直接接形容詞 fine。

9. ... 並不表示他真的沒事：... it doesn't mean he is really fine。「代名詞 it」指的是前面的「看起來沒事」這件事。

10. 另外，這裡的 he 指涉的是前面的 someone，當要指涉「一個人」時，有人會用 he or she 來指涉，但這種寫法較不自然且很累贅。也有人用複數的 they 來指涉，但這種寫法又與前面的單數名詞不相符。其實，要指涉一個人且性別不知或不重要時，可以用代名詞 he 來指涉，因為 he 是個中性的代名詞，可以用來泛指兩性。

11. 不過，如果你沒病痛，就應該讓座給身障者、懷孕者或年長者，這是合乎道德且可接受的選擇：However, if you are in good health, just offer your seat to the physically challenged, the pregnant, or the aged, which is a morally acceptable choice.。

12. 如果你沒病痛，…：if you are in good health, …。筆者在此採用「正反表達法（即正話反說、反話正說）」的技巧來翻譯此句。因為「沒病痛」的意思就是「很健康、身體很好」，所以就翻譯成 in good health。

13. …，就應該讓座給身障者、懷孕者或年長者，…：… , just offer your seat to the physically challenged, the pregnant, or the aged, …。

14. 「就應該讓座給 …」是 just offer your seat to …。此句**並不適合翻譯**成：you should offer your seat to …，因為這樣會讓人有一種「好像必須這麼做」的感覺。因此，「就應該」這三個字，筆者用「副詞 just」加上以「原形動詞」開頭的「**祈使句**」來翻譯，這樣既**不會**顯得太強迫性，又可表達出「**建議**」的語氣。

15. 身障者、懷孕者或年長者 …：the physically challenged, the pregnant, or the aged …。「身障者」是 the physically challenged。而「年長者」可以用 the aged 或 the elderly。

16. 「the + 形容詞 + (people)」表示「某一類的人群」，所以如果此片語是在句子中當「主詞」，通常會視為是「複數名詞」。然而，形容詞後面的**複數名詞 people** 通常都會**被省略**。

17. …，這是合乎道德且可接受的選擇：… **, which** is a morally acceptable choice。筆者在此用「形容詞子句的補述用法」（逗號 + which）的句型來翻譯。另外，「關代 which」指的是前面的「讓座給弱勢人士」這件事。

18. 「合乎道德且可接受的選擇」可以用 a morally acceptable choice 這個片語來翻譯，而 morally acceptable 指的是「在道德（層面）上可接受的」。

其他類考試 3（107高考一級、106警察三等、106調查三等）

壹、例題

中譯英：

(1) 反對線上教育的人主張，在教與學整個過程中，建立師生連結扮演重要的角色，而面對面的互動則是建立這樣連結的關鍵要素。要是教師沒有實際在場，學生難以釐清某些特定科目的複雜內容。

(2) 在13歲到18歲的青少年當中，有百分之二十二左右的人在學校曾遭到霸凌，而診斷出有身心障礙的孩子可能遭到霸凌或騷擾的比例大概是兩到三倍。有些地方正在辯論是否將校園霸凌判定爲犯罪行爲。

(3) 喝咖啡是我和全世界數百萬人早上共同的習慣。像我這樣早起的人會喝著熱騰騰的咖啡、聽著鳥兒在日出時的婉轉鳴叫。毫無疑問地，像我這樣的人需要喝咖啡的嚴重程度已讓咖啡成爲全球最重要的商品之一。

貳、參考範文

中譯英：

(1) 反對線上教育的人主張，在教與學整個過程中，建立師生連結扮演重要的角色，而面對面的互動則是建立這樣連結的關鍵要素。要是教師沒有實際在場，學生難以釐清某些特定科目的複雜內容。

People who are against online education claim that building a link between teachers and students plays an important role in the whole process of teaching and learning. Also, the face-to-face interaction is the key factor in establishing this connection. If there is no teacher actually in attendance, students will have difficulty in understanding complex contents in some specific subjects.

(2) 在13歲到18歲的青少年當中，有百分之二十二左右的人在學校曾遭到霸凌，而診斷出有身心障礙的孩子可能遭到霸凌或騷擾的比例大概是兩到三倍。有些地方正在辯論是否將校園霸凌判定為犯罪行為。

Among teenagers from 13 to 18 years old, about 22 percent have been bullied at school. Besides, children diagnosed with mental or physical disabilities have a higher possibility of being bullied or annoyed, which percentage is about 2 to 3 times higher. Some local governments are debating whether they should define campus bullying as a crime.

(3) 喝咖啡是我和全世界數百萬人早上共同的習慣。像我這樣早起的人會喝著熱騰騰的咖啡、聽著鳥兒在日出時的婉轉鳴叫。毫無疑問地，像我這樣的人需要喝咖啡的嚴重程度已讓咖啡成為全球最重要的商品之一。

Drinking coffee in the morning is a common habit shared by me and millions of people all over the world. Early birds like me will drink hot coffee and listen to birds chirping at sunrise. Undoubtedly, people like me who is addicted to coffee have made coffee one of the most important commodities in the world.

參、解析

中譯英：

（一）

1. 反對線上教育的人主張，在教與學整個過程中，建立師生連結扮演重要的角色，…：People who are against online education claim that building a link between teachers and students plays an important role in the whole process of teaching and learning. …。

2. 「凡是 … 的人」是 People who / Those who …。句子的「主詞」可以用 People 或 Those，who … education 是修飾主詞的「形容詞子句」，句子的「動詞」是 claim，而後面的 that … learning 則是「名詞子句」當動詞 claim 的「受詞」。另外，由於題目的中文句子太長，所以筆者在翻譯時將此句分拆成兩個英文句子。

3. bui**ld**ing a link between teachers and students play**s** …：此句是由「動名詞片語」（building … students）當「主詞」，所以動詞要用「單數形」的 plays。

4. 「在 …（的）整個過程中」是 in the whole process of …。而「整個的」形容詞可以用 whole 跟 entire 這兩個字。另外，介係詞片語通常都是放在句尾，所以筆者把 in … learning 放在句尾。

5. …，而面對面的互動則是建立這樣連結的關鍵要素：… . Also, the face-to-face interaction is the key factor in establishing this connection.。

6. 「面對面的 …」是 face-to-face …。

7. 「… 的要素」是 factor in …。

8.「這樣（的）連結」（this connection）指的就是前面的「師生（的）連結」（a link between teachers and students）。

9. 要是教師沒有實際在場，學生難以釐清某些特定科目的複雜內容：If there is no teacher actually in attendance, students will have difficulty in understanding complex contents in some specific subjects.。

10.「在場」是 in attendance，此片語是「出席、參加」之意，而此句的「在場」就是「出席」的意思。

11. 學生（將會）難以 ...：students will have difficulty in ...。片語 have difficulty in ... 是「在 ... 方面有困難」。

12. 此句的「釐清」指的應該是「**理解**」的意思，所以可以用 understand / realize / comprehend / grasp 這四個「動詞」。

13. 某些特定科目的複雜內容：complex / complicated contents in some specific subjects。介係詞片語 in some specific subjects 當「形容詞」修飾前面的 contents。而「複雜（的）」可以用 complex / complicated 這兩個形容詞。

（二）

1. 在13歲到18歲的青少年當中，有百分之二十二左右的人在學校曾遭到霸凌，...：Among teenagers from 13 to 18 years old, about 22 percent have been bullied at school. ...。

2.「在 ... 當中」可以用 Among 這個介係詞。「有百分之二十二左右的人」是 about 22 percent (of people)，of people 這兩個字可省略。另外，此句也是採用「分句法」的方式，將一句中文拆解成兩句英文來翻譯。

3. ... 在學校曾遭到霸凌：... have been bullied at school。**have** been 是 have + PP，所以是「現在完成式」的時態，表示「從過去到現在」的狀況。而 **been bullied** 則是 be + PP，所以是「被動語態」。因此，

have been bullied 就是「現在完成式」的「被動語態」的句型結構。另外，「在學校」的介係詞可以用 at 或 in 這兩個。

4. ...，而診斷出有身心障礙的孩子可能遭到霸凌或騷擾的比例大概是兩到三倍：... . Besides, children diagnosed with mental or physical disabilities have a higher possibility of being bullied or annoyed, which percentage is about 2 to 3 times higher. 。

5. children diagnosed with ... disabilities：人的疾病是被醫生診斷出來的，所以此處的 diagnosed 是表示「被動語態」的「過去分詞」，其所修飾的是句子的「主詞」（children），而句子的「動詞」則是 have，且此句也可改寫為：... children **who are** diagnosed with ... disabilities，「形容詞子句」（who ... disabilities）修飾的先行詞也是 children。另外，be diagnosed with ... 是「被診斷患有 ...」。

6. 這裡的「身心障礙」指的應該是「身體或心智障礙疾病」，所以翻成 mental or physical disabilities。

7. ...（有更高的）可能遭到霸凌或騷擾 ...：... have a higher possibility of being bullied or annoyed, ...。由前後文可得知，此句的「... 可能 ...」指的應該是「... 有更高的可能性會 ...」，所以筆者在分拆此句時，就增加了「更高的」（higher）這個形容詞。

8. 此句（... of **be**ing bull**ied** or annoy**ed** ...）要用「被動語態」（be + PP）的句型來譯，而介係詞 **of** 後面的動詞必須改為「動名詞」（be**ing**）。另外，「騷擾」可以用 annoy / irritate 這兩個動詞。

9. ...（，這個）的比例大概是兩到三倍（高）：... , which percentage is about 2 to 3 times higher。由於原題的中文所包含的訊息太多，所以筆者將原題的後半段以英文的「形容詞子句的補述用法」來補充說明前句。

10. 此句的 **which** 是個「關係形容詞」，所修飾的是後面的名詞

percentage。另外,「**關係形容詞**」(如:which / what 等)是個兼具「**連接詞**」與「**形容詞**」功能的「關係詞」,由於其具有「形容詞」的功能,所以該關係詞的後面必須接「**名詞**」,這樣該關係詞的語意才會完整,例如此句的 which percentage 指的就是「這個比例」。

11. 此句的「這個比例」指的是前面的「身心障礙的青少年被霸凌的比例」。因此,此句的意思是:一般青少年被霸凌的比例是22%,但身心障礙的青少年被霸凌的比例是22%的兩到三倍。

12. 有些地方正在辯論是否將校園霸凌判定為犯罪行為:Some local governments are debating whether they should define campus bullying as a crime.。

13. 有些地方(政府)…:Some local governments …。從前後文判斷,此處的「地方」指的應該是「地方政府」。另外,代名詞 they 指的也是前面的複數名詞 Some local governments。

14. … 正在辯論是否 …:… are debating whether + S + V …。whether 是個「名詞子句連接詞」,其所引導的「名詞子句」(whether … crime)在此當及物動詞 debate 的「受詞」。

15. 把 … 定義為 …:define … as …。

16. …(一種)犯罪行為:… a crime。

(三)

1. 喝咖啡是我和全世界數百萬人早上共同的習慣:Drinking coffee in the morning is a common habit shared by me and millions of people all over the world.。

2. 「(由)我和 … 共同(擁有)的習慣」是 a common habit shared by me and …。另外,此句也可用「形容詞子句」的句型,加入關代與 be 動詞而改寫為:a common habit **which is** shared by me and …。

3. 像我這樣早起的人會喝著熱騰騰的咖啡、聽著鳥兒在日出時的婉轉鳴叫：Early birds like me will drink hot coffee and listen to birds chirping at sunrise.。

4. 「早起的人」可以用 early bird 或 early riser 這兩個名詞。

5. 聽著鳥兒 … 婉轉鳴叫：**listen** to birds chir**ping**。listen 是「感官動詞」，而 chirping 是用「現在分詞」的結構，以表示「動作正在進行中」。

6. 毫無疑問地，像我這樣的人需要喝咖啡的嚴重程度已讓咖啡成為全球最重要的商品之一：Undoubtedly, people like me who is addicted to coffee have made coffee one of the most important commodities in the world.。

7. 此句「像我這樣的人需要喝咖啡的嚴重程度」可先理解為「**像我這樣需要喝咖啡的嚴重程度的人**」，再以「形容詞子句」（who … coffee）的句型來修飾先行詞 me。

8. 句子眞正的「主詞」是 people，介係詞片語 like me 是當「形容詞」修飾 people，而「形容詞子句」（who … coffee）是用來修飾前面的「先行詞 me」的，所以「形容詞子句的動詞」要用單數形的 is。因此，句子眞正的「動詞」是複數形的 have。

9. 這裡的「嚴重程度」應該是要表達「對 … 上癮、對 … 沉迷」的意思，所以可以用 be addicted to … / be obsessed with … 這兩個片語來譯。

10. 已讓咖啡成為 …：**have made** coffee …。此句是用「現在完成式」的時態，以表達「已（經）…」的意思。

11. have made coffee one of the most important commodities in the world：此句的句型為「make (Vt) + 受詞 (O) + 名詞 (O.C)」，後面的「**名詞**」就是「**受詞補語**」。這裡的 make 是個「**不完全及物動**

詞」，是「使 ... 成爲 ...」的意思。因爲是「**及物**」動詞，所以要加「**受詞**」，而因爲意義「**不完全**」，所以要加「**補語**」，以使句子的意義完整。

英檢中級 / 高中英文 11

其他類考試 4（106警察三等、107高考二級、107關務三等、105高考二級）

壹、例題

一、中譯英

(1) 雖然消防隊員在滅火時不應該扮演神的角色，但事實是，他們偶爾必須在生死之間作出一些艱難的選擇。

(2) 眾所周知，污染和呼吸系統疾病之間有密切的關聯。不僅如此，最新的研究還顯示空氣污染對人的語言和數學能力有負面影響。

二、英譯中

Trends come and go, and desserts are no exception. Today the egg tart is in, and perhaps tomorrow, donuts will be all the rage. However, some desserts can always withstand the test of time, and remain as popular as ever. This is definitely the case with macaroons.

三、英文作文

Write an English essay of about 120 words to address the following: Which do you prefer, a small family or a large one? Why?

貳、參考範文

一、中譯英

(1) 雖然消防隊員在滅火時不應該扮演神的角色，但事實是，他們偶爾必須在生死之間作出一些艱難的選擇。

Firefighters should not play the role of God when putting out fires, but in fact, they occasionally have to make some hard choices between life and death.

(2) 眾所周知，污染和呼吸系統疾病之間有密切的關聯。不僅如此，最新的研究還顯示空氣污染對人的語言和數學能力有負面影響。

As everyone knows, there is a close link between pollution and respiratory system diseases. Moreover, the latest study also shows that air pollution has negative impacts on people's linguistic and mathematical abilities.

二、英譯中

Trends come and go, and desserts are no exception. Today the egg tart is in, and perhaps tomorrow, donuts will be all the rage. However, some desserts can always withstand the test of time, and remain as popular as ever. This is definitely the case with macaroons.

趨勢來來去去，甜點也不例外。今天流行的是蛋塔；或許明天，風靡一時的會是甜甜圈。然而，有些甜點總是能夠經得起時間的考驗，受

歡迎的程度歷久不衰。馬卡龍絕對就是這種情況了。

三、英文作文

Write an English essay of about 120 words to address the following: Which do you prefer, a small family or a large one? Why?

（論點）When it comes to choosing a small family or a large one, I will choose a large family for the following reasons.

（主題句）First, the family members' relationship will be closer. （以下為發展句）I grew up in a large family in the countryside, and my cousins and I were as close as biological siblings. Also, we had the best grandparents who sincerely loved each of the family's grandchildren. However, I now live in a big city alone, and I really miss my childhood life with my grandparents, uncles, aunts, and cousins. （主題句）Second, the members in a big family can run the family's business together. （以下為發展句）A friend of mine also grew up in a big family, and he now works in a company established by his grandfather. He has been learning how to do business from his father since high school.

（結論句）To sum up, some people may prefer a small family, but I prefer a large one for the above reasons.

參、解析

作文翻譯：

　　談論到要選擇小家庭還是大家庭，我會選擇大家庭，原因如下：

　　一、家庭成員的關係會比較密切。我在鄉下的一個大家庭長大，而我跟我的堂兄弟姊妹就像親兄弟姊妹一樣親。而且，我們有最好的祖父母，他們兩位都打從心裡愛著家族裡的每一個孫子女。然而，我現在自己住在大城市，而我真的很想念與祖父母、叔叔、嬸嬸及堂兄弟姊妹在一起的童年生活。二、大家庭的成員可以一起經營家族的事業。我的一個朋友也是在一個大家庭長大的，而他現在在一家由他祖父所創立的公司上班。他從中學時就一直跟他爸爸學怎麼做生意了。

　　綜上所述，有些人可能比較喜歡小家庭，但因為上述理由，我比較喜歡大家庭。

一、中譯英：

（一）

1. 雖然消防隊員在滅火時不應該扮演神的角色，但事實是，他們偶爾必須在生死之間作出一些艱難的選擇：Firefighters should not play the role of God when putting out fires, but in fact, they occasionally have to make some hard choices between life and death.。

2. 扮演 … 的角色：play the role of …。

3. … 在滅火時：… when putting out fires。此句是個「分詞構句」，所以也可以用較簡單的寫法改寫為：… when **they are** putting out fires。而主詞 they 指的是前面的複數名詞 firefighters。

4.「滅火」的動詞可以用 put out 或 extinguish。

5.「艱難的」可以用 hard / tough / difficult 這三個形容詞。

（二）

1. 眾所周知，污染和呼吸系統疾病之間有密切的關聯：As everyone knows, there is a close link between pollution and respiratory system diseases.。

2. 眾所周知，...：**As** everyone knows, ...。連接詞 As 是「如同」之意，所引導的是「附屬子句」，附屬子句在「句首」時，在「主要子句」的前面須加「逗號」。

3. A 和 B 之間有 ... 的關聯：... link between A and B。

4.「關聯」可以用 link / connection / relationship / association 等名詞。

5. 污染：pollution，這是個「不可數名詞」。

6.「呼吸系統疾病」是 respiratory system diseases，但也可以用 diseases **of** respiratory system 這個寫法。

7. 不僅如此，最新的研究還顯示空氣污染對人的語言和數學能力有負面影響：Moreover, the latest study also shows that air pollution has negative impacts on people's linguistic and mathematical abilities.。

8.「不僅如此、此外」可以用 Moreover / Besides / Additionally 這三個副詞。

9. 最新的研究 ...：the latest study / research ...。latest 是形容詞的「**最高級**」，所以前面須加個定冠詞 **the**。

10.「研究」可以用 study / research 這兩個名詞。另外，**research** 基本上是個「**不可數**名詞」，只有在此字前面加了「所有格形容詞」時，才可能會用複數形，但這種用法比較少見。

11.「顯示」可以用 show / indicate 這兩個動詞，而後面通常是接 that 名

詞子句（that + S + V …）。

12.「對 … 有影響」：have an impact / influence **on** … ,「影響」可以用 impact / influence 這兩個名詞。「對於」的介係詞是 on。

13.「人的 …」可以用複數名詞的所有格 people's … 或是形容詞 human … 這兩種寫法來翻譯。

二、英譯中：

1. Trends come and go, and desserts are no exception.：趨勢來來去去,甜點也不例外。

2. … come and go：… 來來去去。

3. … (be) no exception：… 不例外。

4. Today the egg tart is in, and perhaps tomorrow, donuts will be all the rage.：今天流行的是蛋塔;或許明天,風靡一時的會是甜甜圈。

5. in 在此處是「形容詞」的用法,是「流行的、時髦的」之意。

6. … be all the rage：… 風靡一時。

7. 另外,兩個形容詞「流行的」和「風靡一時的」在原本的英文中是放在「句尾」的,而兩個名詞「蛋塔」和「甜甜圈」本來是放在「句首」的,但在翻譯時卻把原文句子中的「字詞」順序「顛倒過來」,這種翻譯技巧叫「逆譯法」。

8. However, some desserts can always withstand the test of time, and remain as popular as ever.：然而,有些甜點總是能夠經得起時間的考驗,受歡迎的程度歷久不衰。

9. 動詞 withstand 是「經得起、承受得住、抵擋」之意。

10. … the test of time：… 時間的考驗。

11. … remain as popular as ever：… 受歡迎的程度歷久不衰。

12. remain 是「保持、仍是」的意思,且是個「連綴動詞」,所以後面可

以接形容詞 popular 作為「主詞補語」，而「主詞」還是前面的 some desserts。另外，as ... as ever 是「和以前一樣 ...」。

13. This is definitely the case with macaroons.：馬卡龍絕對就是這種情況了。

14. 介係詞 with 是「對於、關於」。再者，筆者在翻譯此句時，也把在「句尾」的名詞「馬卡龍」移到了「句首」的位置，這也是運用「逆譯法」的技巧。

15. 另外，此題的名詞 macaroon 可能用得不精確，題目中原本想寫的可能是近來很流行的甜點：馬卡龍，所以筆者才會將此題的 macaroon 翻譯成馬卡龍。然而，此題的英文 **macaroon** 的中文翻譯應該是「**蛋白杏仁餅**」；而「**馬卡龍**」的英文應該是 **macaron**。

三、英文作文：

1. 此為難度較高的「其他類考試」的試題，所以在題幹的部分才會以英文書寫，且原題字數要求為250字，在此改為120字。而此題為「二選一」的「論說文」。

2. Write an English essay of about 120 words to address the following: Which do you prefer, a small family or a large one? Why?：寫一篇約120個字的英文短文來闡述下列問題：你比較喜歡小家庭還是大家庭？為什麼？。

3. 動詞 address 是「探討、論述」的意思。另外，代名詞 the following 是「下列事項」。

4. When it comes to choosing a small family or a large one, I will choose a large family for the following reasons.：談論到要選擇小家庭還是大家庭，我會選擇大家庭，原因如下。

5. When it comes to + N / Ving ... 是「談論到 ...、說到 ... 這件事」。此句的 to 是個「介係詞」，所以後面要接「名詞」或「動名詞」。

6. … a small family or a large one：… 小家庭還是大家庭。這裡的代名詞 one 指的是前面的名詞 family。

7. First, the family members' relationship will be closer.：一、家庭成員的關係會比較密切。

8. members' relationship 的 members 是「複數名詞」，所以其「所有格」只要在字尾-s 後面加個「撇號」，即可形成「複數名詞的所有格」了。

9. I grew up in a large family in the countryside, and my cousins and I were as close as biological siblings.：我在鄉下的一個大家庭長大，而我跟我的堂兄弟姊妹就像親兄弟姊妹一樣親。

10. … as close as biological siblings：… 就像親兄弟姊妹一樣親。as … **as** … 是「**像** … 一樣 …」。

11. 形容詞 biological 是「生物的、親生的」，而名詞 sibling 是「兄弟姊妹」。

12. Also, we had the best grandparents who sincerely loved each of the family's grandchildren.：而且，我們有最好的祖父母，他們兩位都打從心裡愛著家族裡的每一個孫子女。

13. 此句（who … grandchildren）是個「形容詞子句」，修飾的是前面的 grandparents。

14. 另外，一般人翻譯時可能會把此句（who … grandchildren）形容詞子句直接放在該先行詞（grandparents）的前面，而翻成「我們有打從心裡愛著家族裡每一個孫子女的最好的祖父母」這樣的句子，但是在「祖父母」這個名詞前已經有「最好的」這個形容詞了，如果再把更長的「形容詞子句」放到前面，會使得「修飾語」太長而不易理解。

15. 因此，筆者在此句運用了三種翻譯技巧來翻譯此句，以使句意更好理解。首先，將中文的譯文與原本英文語序的順序保持一致，

這是運用「順譯法」。再者,將一個句子拆分為兩個句子,這是運用「分句法」。最後,由於「關代 who」指涉的是「祖父母」(grandparents),所以增加了「他們兩位」這四個字作為「該形容詞子句」的「主詞」,這是運用「增譯法」。

16. 副詞 sincerely 是「由衷地、衷心地、發自內心地、真誠地」。

17. 代名詞 each 是「每一個」,而複數名詞 grandchildren 是「孫子女」。

18. However, I now live in a big city alone, and I really miss my childhood life with my grandparents, uncles, aunts, and cousins.:然而,我現在自己住在大城市,而我真的很想念與祖父母、叔叔、嬸嬸及堂兄弟姊妹在一起的童年生活。

19. 副詞 alone 是「獨自地、單獨地」,修飾前面的動詞 live。

20. Second, the members in a big family can run the family's business together.:二、大家庭的成員可以一起經營家族的事業。

21. 介係詞片語 in a big family 在此當「形容詞」,修飾前面的名詞 the members。

22. 及物動詞 run 在此是「經營」的意思,而副詞 together 修飾的是前面的動詞 run。

23. the family's business 指的是「該家族的事業」。另外,有一個名詞是 family business,指的是「家族企業」,這是指「家族共同經營的公司」。然而,筆者所寫的 family's business 指的是「家族的事業」,這是指「家族共同經營的**事業**」。這個事業可能是「家族一起經營的公司、工廠」,但也有可能是「家族一起耕種的農田」,或甚至是「其他的事業」,所以 family's business 的含意比較廣泛。

24. A friend of mine also grew up in a big family, and he now works in a company established by his grandfather.:我的一個朋友也是在一個大家庭長大的,而他現在在一家由他祖父所創立的公司上班。

25. A friend of mine 是「我的一個朋友」。另外，也可以用較簡單的寫法改寫為：One of my friends。

26. a company established by ... 是表示「被動語態」的「過去分詞」修飾「先行詞」的寫法，而若是保留「關代與 be 動詞」，則是「形容詞子句」（a company **which was** established by ...）的寫法。

27. He has been learning how to do business from his father since high school.：他從中學時就一直跟他爸爸學怎麼做生意了。

28. 此句（... has been learning ...）的時態是「現在完成進行式」。**has been**（have + PP）是「現在完成式」，而 **been learning**（be + Ving）是「進行式」，所以合在一起就是「現在完成進行式」。「現在完成進行式」是強調從「過去」一直持續到「現在」且可能持續下去的動作。

29. learn how to + v ... from sb.：向某人學習如何 ...。

30. To sum up, some people may prefer a small family, but I prefer a large one for the above reasons.：綜上所述，有些人可能比較喜歡小家庭，但因為上述理由，我比較喜歡大家庭。

31. To sum up, ...：綜上所述，...。這是用來表示「結論句」的「轉承詞」。另外，也可以用 To conclude / To summarize / In conclusion / In summary 等片語。

英檢中級 / 高中英文 12

其他類考試 5（107警察三等、107關務三等、106調查三等、106普考新聞）

壹、例題

一、中譯英

(1) 有經驗的警員都知道有效溝通的重要性，所以警員都必須知道如何溝通以達成幫民眾解決問題的目標。

(2) 每天撥空關掉手機、電腦、電視及其他會讓人分心的事物。和周圍的人以有意義、從容的方式互動。仔細聆聽他們，對他們全神貫注。

二、英譯中

The Japanese government estimates that the market for service robots will be up to US $10 billion within a decade. With robots' adult appearances and reactions, they may also find work in the home, possibly as rehabilitation robots, offering care and support for Japan's growing elderly population.

三、英文寫作（文長約120字）

Let's suppose that you win a lottery of 10 billion NT dollars. What will you do with it？Try to be as creative as possible; that is, a donation to the charity institutions（and similar decisions）is not considered "creative."

貳、參考範文

一、中譯英

(1) 有經驗的警員都知道有效溝通的重要性，所以警員都必須知道如何溝通以達成幫民眾解決問題的目標。

Experienced police officers all know the importance of effective communication, so police officers all have to know how to communicate to meet the goal of helping the public solve problems.

(2) 每天撥空關掉手機、電腦、電視及其他會讓人分心的事物。和周圍的人以有意義、從容的方式互動。仔細聆聽他們，對他們全神貫注。

Turn off your cell phone, computer, television and other distractions for some time every day. Interact with people around you meaningfully and leisurely, and listen to them sincerely and attentively.

二、英譯中

The Japanese government estimates that the market for service robots will be up to US $10 billion within a decade. With robots' adult appearances and reactions, they may also find work in the home, possibly as rehabilitation robots, offering care and support for Japan's growing elderly population.

日本政府預估：對於服務型機器人的市場需求將在十年內達到一百億美元。那些有著成人外貌與反應能力的機器人，可能也會進到人們的家裡成爲復健機器人，爲日本不斷增加的老年人口提供照顧與支持的服務。

三、英文寫作（文長約120字）

Let's suppose that you win a lottery of 10 billion NT dollars. What will you do with it? Try to be as creative as possible; that is, a donation to the charity institutions (and similar decisions) is not considered "creative."

（論點）If I won a lottery of 10 billion NT dollars, I would launch a biotechnology company to produce dietary supplements.

（主題句）To begin with, if I had this colossal sum of money, I would recruit scientists to develop nutritional supplements. （以下爲發展句）I would employ Doctors of Philosophy who specialize in nutrition or herbalism to invent dietary supplements. Numerous natural substances have been found to be beneficial to human health. Therefore, I would employ scientists to invent food supplements to help people improve health at affordable prices. （主題句）Moreover, if I had this huge wealth, I would also purchase high-tech equipment to examine the nutritional supplements. （以下為發展句）The safety and effectiveness of supplements are the essential criteria for evaluating a biotechnology company. The Doctors would ensure that all the products were definitely safe and effective for customers to take. If the supplements produced by our company were safe enough, consumers would not be harmed because of overdosing on our products.

（結論句）In conclusion, if I won a lottery of 10 billion NT dollars, I would set up a biotech company to help people enhance health.

參、解析

作文翻譯：

　　如果我贏得一百億台幣的樂透獎金，我會創辦一家生技公司來生產營養食品。

　　首先，如果我有這筆龐大數目的金額，我會招募科學家來開發營養食品。我會僱用專門研究營養學或草藥學的哲學博士來發明營養食品。人們已經發現許多的天然物質是對人類健康有益的。因此，我會僱用科學家發明營養食品，幫助人們以負擔得起的價格來改善健康。再者，如果我有這筆巨大的財富，我也會購買高科技的設備來檢查營養食品。營養食品的安全性和有效性是用來評價一家生技公司的必要標準。這些博士會保證：所有的產品都是確實安全、有效，而能夠讓顧客來食用的。如果本公司生產的營養食品是夠安全的，消費者就不會因為過量服用我們的產品而受到傷害。

　　綜合上述，如果我贏得一百億台幣的樂透獎金，我會創立一家生技公司來幫助人們提升健康。

一、中譯英：

（一）

1. 有經驗的警員都知道有效溝通的重要性，所以警員都必須知道如何溝通以達成幫民眾解決問題的目標：Experienced police officers all know the importance of effective communication, so police officers all have to know how to communicate to meet the goal of helping the public solve problems.。

2. 有經驗的：experienced。

3. 警員：police officer。

4. 有效溝通：effective communication。

5. … 的重要性：the importance of …。

6. 如何 …：how to + v …。

7. 以達成 … 的目標：to meet the goal of …。介係詞 of 後面的動詞要改爲「動名詞」（Ving …）。另外，「達成、達到」的動詞可以用 meet / achieve 這兩個字。

8. 幫民衆解決問題：helping the public solve problems。

9. 此句也可改爲 helping the public **to** solve problems，動詞 help 的受詞後面可以用「不定詞」（to + v），也可以用「原形動詞」。

10. 民衆：the public。另外，「民衆、人民、人們」也可用 people 這個複數名詞。

（二）

1. 每天撥空關掉手機、電腦、電視及其他會讓人分心的事物：Turn off your cell phone, computer, television and other distractions for some time every day.。

2. 每天撥空 …：… for some time every day。題目的「撥空」這個詞放的位置不太適合，此句中文要表達的應該是「每天關掉 … 的事物**一段時間**。**撥空**和周圍的人 … 互動 …」。因此，用 some time 來表達「一段時間」及「撥空」的語意，而介係詞 for 是「達 …（多久的時間）」的意思。另外，「時間副詞」通常是放在英文句子的句尾。

3. 「關掉 …」可以用 turn off 或 switch off … 這兩個片語動詞。

4. 「會讓人分心的事物、分散注意力的事物」可以用 distraction 這個名詞。

5. 和周圍的人以有意義、從容的方式互動。仔細聆聽他們，對他們全神貫注：Interact with people around you meaningfully and leisurely, **and** listen to them sincerely and attentively.。

6. 題目的中文是兩個句子，但因為這兩個句子較短且語意具有連貫性，所以翻譯時就用英文的「逗號 + and」來連接兩個「祈使句」（Interact with ⋯ , and listen to ⋯）。另外，也可用英文的「分號」來連接此句（Interact with ⋯ ; listen to ⋯）。再者，這種將兩個以上的中文句子合併起來，翻譯成一個英文句子的翻譯技巧稱為「合句法」，但此翻譯法在中翻英較少使用。

7. 和 ... 互動：interact with ...。

8. （你）周圍的人：people around you。

9. 以有意義、從容的方式：meaningfully and leisurely。這兩個副詞都是用來修飾前面的動詞 interact 的。

10.「以有意義的方式」可以用副詞 meaningfully。而「以從容的方式」指的是「以悠閒的方式」之意，故可用 leisurely / unhurriedly 這兩個副詞來表達。

11. 仔細聆聽他們，對他們全神貫注：listen to them sincerely and attentively。

12. 代名詞 them 指的是前面的複數名詞 people around you。

13.「仔細（地）」在此句的語境中，可以用 sincerely（由衷地、發自內心地）或 carefully 這兩個副詞來表達。

14.「全神貫注」可以用副詞 attentively。

15. 此句指的是「仔細（地）、全神貫注（地）聆聽他們的心聲」，所以也是用 sincerely 跟 attentively 這兩個副詞一起來修飾前面的動詞 listen。

二、英譯中：

1. The Japanese government estimates that the market for service robots will be up to US $10 billion within a decade.：日本政府預估：對於服務型機器人的市場需求將在十年內達到一百億美元。

2. the market for ...：對於 ... 的市場需求。介係詞 for 是「對於」。而 up to ... 是「達到 ...」。

3. billion 是「十億」。而 decade 是「十年」。

4. With robots' adult appearances and reactions, they may also find work in the home, possibly as rehabilitation robots, offering care and support for Japan's growing elderly population.：那些有著成人外貌與反應能力的機器人，可能也會進到人們的家裡成爲復健機器人，爲日本不斷增加的老年人口提供照顧與支持的服務。

5. 介係詞 with 是「有 ... 的」，而後面的「複數代名詞 they」指的是前面提到的「複數名詞 service robots」。因此，筆者就將此句的「主詞」翻譯爲：那些有著成人外貌與反應能力的機器人。

6. ... find work in the home 的字面意義是「... 在家裡找到工作」，但其實就是：人們把機器人買回家使用。因此，翻譯成「... 進到人們的家裡」比較合理、通順。

7. they may ... possibly ...：依照原文的前後文判斷，此句是在講「一種可能性」，所以是在講「同一件事」。若照原文將「可能」翻譯「兩次」，句意就會變成好像是在講「兩種可能性」。因此，前面的助動詞 may 與後面的副詞 possibly 雖然詞性不同，但因爲都是表示「可能」的意思，且都是在講同一件事，所以在此句中「只需翻譯一次」即可。

8. ... , offering care and support for Japan's growing elderly population：...，爲日本不斷增加的老年人口提供照顧與支持的服

務。

9. ... , offering care and support for ... 的字面意義是「爲 ... 提供照顧與支持」，但在此譯成「爲 ... 提供照顧與支持**的服務**」較通順。

10. 另外，此句爲「**分詞構句**」，所以 offering 在此爲表示「主動語態」的「現在分詞」，其「主詞」也是前面的「代名詞 they」。因此，題目中的此句（... , offering care and support ...）也可用較簡單的寫法改寫爲：... , **and offer** care and support ...。

11. 形容詞 growing 是「不斷增加的」。

三、英文作文：

1. 此題是一個「假設性的問題」，要求考生盡量發揮創意來寫作，而文體爲「論說文」。另外，原題目字數要求爲300字，在此改爲120字。再者，由於此題是論述一件「**不可能發生的事**」，所以**大部分**的句子都是用與「**現在**」事實相反的「假設語氣」（**過去式**的**動詞**及**助動詞**）來寫的。

2. Let's suppose that you win a lottery of 10 billion NT dollars. What will you do with it? Try to be as creative as possible; that is, a donation to the charity institutions (and similar decisions) is not considered "creative."：我們假設你贏得一百億台幣的樂透獎金。你會用這筆錢做什麼？試著越有創意越好；換句話說：捐款給慈善機構（及類似的決定）並不被認爲是「有創意的」。

3. 這兩個句子（Let's suppose that you win a lottery of 10 billion NT dollars. What will you do with it?）應該是表達一個「與**現在**事實相反」的假設情境，所以比較合適的寫法應該是：Let's suppose that you **won** a lottery of 10 billion NT dollars. What **would** you do with it?。

4. 介係詞 with 是「用（工具）」。而「單數代名詞 it」指的是前面的「這

一筆鉅款」。

5. as … as possible 是「越 … 越好（愈 … 愈好）、盡可能 …」的意思。

6. that is, … ：也就是說 …、換句話說 …。此片語也可寫成 that is to say, … 。

7. If I won a lottery of 10 billion NT dollars, I would launch a biotechnology company to produce dietary supplements. ：如果我贏得一百億台幣的樂透獎金，我會創辦一家生技公司來生產營養食品。

8. If I won … , I would … ：由於此題是一個不可能成為事實的假設性問題，所以要用「與**現在事實相反**」的假設語氣。因此，if 子句要用「過去式」的時態，而主要子句要用「過去式助動詞」加「原形動詞」。另外，動詞 launch 是「創辦、開辦」。

9. To begin with, if I had this colossal sum of money, I would recruit scientists to develop nutritional supplements. ：首先，如果我有這筆龐大數目的金額，我會招募科學家來開發營養食品。

10. To begin with, … 是「首先，…」。形容詞 colossal 是「龐大的」。名詞 sum 是「總數」。而動詞 recruit 是「招募、雇用」。

11. I would employ Doctors of Philosophy who specialize in nutrition or herbalism to invent dietary supplements. ：我會僱用專門研究營養學或草藥學的哲學博士來發明營養食品。

12. Doctors of Philosophy 是「哲學博士」，這個名詞通常簡寫為 PhD。

13. who … herbalism 是「形容詞子句」，修飾先行詞 Doctors of philosophy。specialize in … 是「專門研究、專門從事 …」。

14. Numerous natural substances have been found to be beneficial to human health. ：人們已經發現許多天然物質是對人類健康有益

的。

15. have been found ...：**have been** 是「現在完成式」（have + PP），而 **been found** 是「被動語態」（be + PP），所以結合起來就是「現在完成式」的「被動語態」。再者，天然物質的功效都是人們研究而發現的，所以此句（have been found ...）在譯成中文時，翻譯成「人們已經發現 ...」比較通順。另外，此句是在陳述一個「一般的事實」，所以要使用表示**事實**的「現在式系列」的時態，而「**現在完成式**」就是其中之一。

16. be beneficial to ... 是「對 ... 有益、對 ... 有幫助」。

17. Therefore, I would employ scientists to invent food supplements to help people improve health at affordable prices.：因此，我會僱用科學家發明營養食品，幫助人們以負擔得起的價格來改善健康。

18. 此句（... to help people improve health at affordable prices）也可以寫成：... to help people **to** improve health at affordable prices，因為 help 後面的不定詞 to 可以省略，所以筆者使用更精簡的寫法。另外，介係詞片語 at affordable prices 在此是當「副詞」，其修飾的是前面的動詞 improve。

19. Moreover, if I had this huge wealth, I would also purchase high-tech equipment to examine the nutritional supplements.：再者，如果我有這筆巨大的財富，我也會購買高科技的設備來檢查營養食品。

20. high-tech：高科技的。這是用「連字號」所形成的「複合形容詞」。另外，equipment（設備）是「不可數名詞」，所以沒有複數形。

21. The safety and effectiveness of supplements are the essential criteria for evaluating a biotechnology company.：營養食品的安全性和有效性是用來評價一家生技公司的必要標準。

22. The safety and effectiveness of supplements are ...：The **safety** and

effectiveness 這兩個名詞是句子的「主詞」，所以句子的「動詞」要用複數形的 are。另外，此句也是陳述一個「**事實**」，所以動詞的**時態**就用「**現在簡單式**」。

23. 介係詞片語 of supplements 則是當「形容詞」，用來修飾先行詞 The safety and effectiveness。

24. criteria / standards for … 是「用來 … 的標準」，「標準」可以用 criterion / standard 這兩個名詞。

25. criteria 是**複數**名詞，這個名詞的**單數形**是 criterion。

26. 以下是關於「標準」的名詞，說明如下：

（1）criterion (n)（指的是一套試驗或規則，用來測量某人或某物的優越性、正確性、價值、適合度或可能性的）準則、標準、（用來判斷、處理或決定某事的）標準。

（2）standard (n)（事先制定好的一套基本）標準、（人們認為正常的或可接受的）標準、（用來比較某人或某物所達成的）水準、標準。

27. 另外，本文的 dietary supplements / nutritional supplements / food supplements 這三個名詞是「同義字」，都是指「營養食品、營養補充品」。

28. The Doctors would ensure that all the products were definitely safe and effective for customers to take.：這些博士會保證：所有的產品都是確實安全、有效，而能夠讓顧客來食用的。

29. that … take 是個「名詞子句」，在此是作為及物動詞 ensure 的「受詞」。

30. definitely safe and effective：副詞 definitely 是用來修飾 safe 跟 effective 這兩個形容詞的。

31. for customers to take：這是「for + 名詞 + 不定詞 to」的結構，當「不

定詞的動詞」需要有「自己的主詞」時，就可以用這個結構。如此句的「動詞 take」需要有個主詞，而這個「主詞」就是放在 for 後面的 customers。

32. 另外，take 在此句其實是**及物**動詞的用法，及物動詞就必須有「受詞」，而 take 的受詞其實就是前面的 all the products。因此，雖然 all the products 在名詞子句裡是「主詞」，但同時也是及物動詞 take 的「受詞」。

33. If the supplements produced by our company were safe enough, consumers would not be harmed because of overdosing on our products.：如果本公司生產的營養食品是夠安全的，消費者就不會因為過量服用我們的產品而受到傷害。

34. safe **enough**：enough 當「**副詞**」修飾**形容詞**時，enough 要放在「該形容詞的**後面**」。

35. would not be harmed：這是「be 動詞加過去分詞」（**be harmed**）的「被動語態」結構。

36. overdose on ...：過量服用 ...。overdose 在此為「**不及物**動詞」的用法，所以要先加介係詞 **on**，才可以接「受詞」。

37. In conclusion, if I won a lottery of 10 billion NT dollars, I would set up a biotech company to help people enhance health.：綜合上述，如果我贏得一百億台幣的樂透獎金，我會創立一家生技公司來幫助人們提升健康。

38. In conclusion, ...：綜合上述，...。

39. set up 是「創立、設立」。

40. biotech company 是「生技公司」，而 biotech 是名詞 biotechnology 的縮寫。

英檢中級 / 高中英文 13

其他類考試 6 (105警察三等、105高考二級、107身障三等、107台電國貿類、106台電國貿類、108移民行政三等)

壹、例題

一、中譯英

(1) 警方的腐敗是員警不當行為的一種形式。它主要是由警官為了取得個人利益的動機所引起。

(2) 網路是人類集體智慧的最佳貯藏、交換以及改進的公共平台,是知識的無盡寶藏。人一旦習慣網路的方便後,就難以想像之前沒有網路的日子是怎麼過的。

(3) 雖然運動並不是減重的可靠方法，但這並不表示你要放棄努力。
只要每天運動十五分鐘所帶來的利益包括可以降低造成死亡的許
多成因、改善記憶力及減少癌症風險。

二、英譯中

(1) I am still vacillating about whether to go back to graduate school or
not.

(2) The new product concept aims to develop an innovative electronic
product that would assist consumers in locating misplaced items.

三、英文作文

Do you agree or disagree with the following saying? "No pains, no gains."
Please write a short and well-organized essay in about 120 words to
support your answer with reasons and specific examples.

貳、參考範文

一、中譯英

(1) 警方的腐敗是員警不當行為的一種形式。它主要是由警官為了取得個人利益的動機所引起。

Police corruption is a form of police misconduct. It mainly arises from police officers' motives to gain personal benefits.

(2) 網路是人類集體智慧的最佳貯藏、交換以及改進的公共平台，是知識的無盡寶藏。人一旦習慣網路的方便後，就難以想像之前沒有網路的日子是怎麼過的。

The Internet is the best public platform for storing, exchanging and improving human beings' collective wisdom and is a measureless treasury of knowledge. Once anyone gets used to the convenience of the Internet, it is hard to imagine how people lived their lives without it.

(3) 雖然運動並不是減重的可靠方法，但這並不表示你要放棄努力。只要每天運動十五分鐘所帶來的利益包括可以降低造成死亡的許多成因、改善記憶力及減少癌症風險。

Exercise is not a reliable way to lose weight, but it doesn't mean you should give up making any effort. As long as you spend 15 minutes doing exercise every day, it will bring such benefits as lowering factors of causing death, improving your memory, and reducing the risk of cancer.

二、英譯中

(1) I am still vacillating about whether to go back to graduate school or not.

我仍然還在猶豫是否要回去念研究所。

(2) The new product concept aims to develop an innovative electronic product that would assist consumers in locating misplaced items.

新產品概念的目標是要開發一項有創意的電子產品，而該產品能夠幫助消費者找到誤置的東西。

三、英文作文

Do you agree or disagree with the following saying? "No pains, no gains." Please write a short and well-organized essay in about 120 words to support your answer with reasons and specific examples.

（吸引句）As the proverb goes, "There is no such thing as a free lunch." （論點）Therefore, I totally agree with the saying "No pain, no gain" for the following reasons.

（主題句）First, only through our own efforts can we get what we want. （以下為發展句）One of my friends runs a fitness center. He loves working out and has worked in a gym before. He saved most of his salary and eagerly learned how to operate a gymnasium. If he hadn't made those endeavors before, he wouldn't have his own business now. （主題句）

Second, those who can make money easily now must have put much effort into something worthwhile before. （以下為發展句）A neighbor of mine made a huge fortune by renting out houses, so he could retire at the age of 50. When he was young, he kept learning how to be a landlord and kept investing his money in real estate. If he hadn't devoted his time to learning real estate knowledge and hadn't put his money into those properties then, he wouldn't be a carefree landlord now.

參、解析

作文翻譯：

　　如諺語所云：「天下沒有白吃的午餐。」因此，我完全同意「不勞則無獲」這句格言，理由如下：

　　一、只有透過自己的努力，我們才能得到自己想要的東西。我的一個朋友在經營一家健身中心。他熱愛健身，而且之前曾在一家健身館上班。他存下了大部分的薪水，而且很熱切地學習如何經營一家健身館。如果他之前沒有付出那些努力，他現在就不會有自己的公司。二、那些現在能夠輕鬆賺錢的人，之前一定在某件值得付出的事情上下了很多苦心。我的一個鄰居靠出租房子賺了一大筆錢，所以他可以在50歲時退休。他在年輕時，就一直學習如何成為一個房東，而且一直投入資金到不動產中。如果他當時沒有把時間投入到學習不動產知識上、沒有把資金投入到那些房地產中，他現在就不會是個無憂無慮的房東了。

一、中譯英：

（一）

1. 警方的腐敗是員警不當行為的一種形式。它主要是由警官為了取得個人利益的動機所引起：Police corruption is a form of police misconduct. It mainly arises from police officers' motives to gain personal benefits.。

2. 腐敗、墮落、貪汙：corruption。這個名詞在原文字典的解釋是：通常是由「一群人」所共同犯下的非法行為。因此，筆者在此句後面

才會使用「複數名詞的所有格」（police officers'）來翻譯。

3. 不當行為：misconduct。

4. … 的一種形式：a form of …。

5. 由 … 所引起：arise from …。arise 是「產生、出現」之意，這是個「不及物動詞」，所以要先接介係詞 from，才可以接「受詞」。另外，代名詞 it 指的是前面的主詞 police corruption。

6. police officers'：警官（的）。police officers 是個以-s 結尾的複數名詞，所以其「所有格形容詞」直接在-s 後面加個「撇號」即可。

7. 動機：motive。

8. 以下是與「動機」相關的名詞，說明如下：

（1）motive (n)（此字通常是描述「負面」的事。指解釋某人行為的理由或為了達成某個特定結果的內在）動機、目的、意圖。

（2）motivation (n)（此字通常是描述「積極、正面」的事。指驅動某人樂意做某事的）動機、積極性、誘因、刺激。

9. 「取得」可以用 gain / obtain / acquire 這三個動詞。

10.「個人（的）」可以用 personal / individual 這兩個形容詞。

11.「利益」可以用 benefit / advantage / interest 這三個名詞。

（二）

1. 網路是人類集體智慧的最佳貯藏、交換以及改進的公共平台，是知識的無盡寶藏：The Internet is the best public platform for storing, exchanging and improving human beings' collective wisdom and is a measureless treasury of knowledge.。

2. 此句「網路是人類集體智慧的最佳貯藏、交換以及改進的公共平台 …」可改寫為：網路是貯藏、交換以及改進**人類集體智慧**的**最佳公共平台** …。因此，筆者將此句翻譯為：The Internet is the best

public platform for storing, exchanging and improving human beings' collective wisdom …。

3. 網路：The Internet。

4. 人類集體智慧：human beings' collective wisdom。

5. （用來）… 的公共平台：public platform for …。

6. …，是知識的無盡寶藏：… and is a measureless treasury of knowledge。

7. 「無盡的、無限的、不可量的」可以用 measureless / boundless / immeasurable / infinite 這四個形容詞。

8. 「寶藏、寶庫」可以用 treasury 或 treasure house 這兩個名詞。

9. 人一旦習慣網路的方便後，就難以想像之前沒有網路的日子是怎麼過的：Once anyone gets used to the convenience of the Internet, it is hard to imagine how people lived their lives without it.。

10. 一旦：once。once 在此是個「連接詞」，其句型為 once + S + V … , S + V …。

11. 習慣 …：get used to + N / Ving …。這裡的 get 是個「連綴動詞」。used 是個「形容詞」，是「習慣的」之意。而 to 是「介係詞」，是「對於」的意思。

12. **get** used to + N / Ving … 是強調「對不熟悉的事**轉變**為已經習慣了的**過程**」。另外，**be** used to + N / Ving … 是強調「對不熟悉的事已經習慣了的**結果**、**狀態**」。

13. 此句（how people lived their lives without it）是個「名詞子句」，在此是當及物動詞 imagine 的「受詞」。另外，此句指的是「在網路出現以前，**一般人**在過的日子」，所以要在這個名詞子句中加個「主詞」（**people**），且動詞的時態要用「**過去式**」（lived）。

14. without it：這裡的代名詞 it 指的是前面的名詞 the Internet。

（三）

1. 雖然運動並不是減重的可靠方法，但這並不表示你要放棄努力：
   Exercise is not a reliable way to lose weight, but it doesn't mean you
   should give up making any effort.。

2. 減重、減肥：lose weight。

3. 可靠（的）：reliable / dependable。

4. … 這並不表示你（應該）要放棄努力：… it doesn't mean you
   should give up making any effort.。此句（you … effort）是個「名詞
   子句」，在此是當及物動詞 mean 的「受詞」。

5. 放棄：give up + Ving …。

6. （做任何）努力：make any effort。

7. 只要每天運動十五分鐘所帶來的利益包括可以降低造成死亡的許多
   成因、改善記憶力及減少癌症風險：As long as you spend 15
   minutes doing exercise every day, it will bring such benefits as
   lowering factors of causing death, improving your memory, and
   reducing the risk of cancer.。

8. 只要每天運動十五分鐘 …：As long as you **spend** 15 minutes do**ing**
   exercise every day, …。as long as 是個「連接詞」。而動詞 spend 後面
   的動詞要改為「動名詞」（Ving）。

9. … 帶來的利益包括可以降低造成死亡的許多成因、改善記憶力及
   減少癌症風險：… , it will bring such benefits as lowering factors of
   causing death, improving your memory, and reducing the risk of
   cancer.。代名詞 it 指的是前面的「每天運動十五分鐘」這件事。

10. such as … 是「例如、像是 …」，這個片語可以分開使用，如此句
    （it will bring **such** benefits **as** …），但也可以合併使用，所以也
    可改寫為：it will bring benefits, **such as** …。另外，such as 合併使

用時，後面的例子如果超過一個，通常會在 such as 前加個「逗號」。

11. as 是個「介係詞」，所以後面的動詞要改為「動名詞」（Ving …）。因此，此句用了三個動名詞，並用 and 來連接（lower**ing** … , improv**ing** … , **and** reduc**ing** …）。

12. 降低造成死亡的許多成因：lowering factors of causing death。

13. 改善記憶力：improving your memory。「改善、提升」可以用 improve 或 enhance 這兩個動詞。

14. 減少癌症風險：reducing the risk of cancer。

15. 另外，此句的 exercise / weight / death / memory / cancer 皆是「不可數名詞」的用法。

二、英譯中：

（一）

1. I am still vacillating about whether to go back to graduate school or not.：我仍然還在猶豫是否要回去念研究所。

2. 動詞 vacillate 是「猶豫」，而此句的時態是用「現在進行式」（I **am** still vacillat**ing** about …）。另外，vacillate 是個「不及物動詞」，而「對於」某事正在猶豫的「介係詞」可以用 about 或 over。

3. whether … or not：是否 …。whether to go back to graduate school or not 是個「名詞片語」，「wh-疑問詞 + to + v …」可以構成「名詞片語」的結構。而這個名詞片語（whether … not）在此是當介係詞 about 的「受詞」。

4. graduate school：研究所。

（二）

1. The new product concept aims to develop an innovative electronic

product that would assist consumers in locating misplaced items. ：新
產品概念的目標是要開發一項有創意的電子產品，而該產品能夠
幫助消費者找到誤置的東西。

2. 動詞 aim 是「目標是、旨在 ...」。

3. ... that would assist consumers in locating misplaced items：... ，而該
產品能夠幫助消費者找到誤置的東西。

4. 此句（that ... items）是個「形容詞子句」，關代 that 指涉的是
product，在此將關代 that 譯爲「該產品」，且「此形容詞子句」同樣
也是放在譯文的「句尾」。雖然形容詞子句都是用來修飾前面的名
詞的，但此句的結構太長、訊息太多，如果翻譯時將「該形容詞子
句」放在「有創意的電子產品」這個名詞片語的前面，句子會太長且
不易解讀。因此，筆者在此將譯文分爲兩個句子，並增譯了「該產
品」這三個字作爲「該形容詞子句」譯文的「主詞」。

5. assist sb. **in** + Ving ...：幫助（協助）某人做某事。

6. 動詞 locate 是「找出 ... 的位置」。

7. 形容詞 misplaced 可譯爲「誤置的、放錯地方的」。

8. 名詞 item 是「東西、物品」。

三、英文作文：

1. 此題爲「論說文」的題型，要求考生提出理由及具體的例子來論述自
己的觀點，而原題目字數要求爲250個字，在此改爲120個字。

2. Do you agree or disagree with the following saying? "No pains, no
gains." Please write a short and well-organized essay in about 120
words to support your answer with reasons and specific examples. ：你
同不同意下列的諺語？「不勞則無獲。」請寫一篇約120個字結構良
好的短文，並提出理由及具體的例子來支持你的文章。

3. As the proverb goes, "There is no such thing as a free lunch.":如諺語所云:「天下沒有白吃的午餐。」

4. 連接詞 As 是「正如、就像 ...」。不及物動詞 go 是「所云 ...、（是這麼）說的 ...、內容是 ...」的意思。形容詞 such 是「這樣的、此類的」，而後面的介係詞 as 是「像、如同」。

5. Therefore, I totally agree with the saying "No pain, no gain" for the following reasons.:因此，我完全同意「不勞則無獲」這句格言，理由如下。

6. 原題用 No pains, no gains.，但這是古英語的寫法，現代的寫法應該是 No **pain**, no **gain**.才對，這才是現在的字典裡收錄的諺語。另外，由於此句格言（... with the saying "No pain, no gain" for ...）在句子中的位置不是在句尾，所以不用加逗號。

7. First, only through our own efforts can we get what we want.:一、只有透過自己的努力，我們才能得到自己想要的東西。

8. 若要**強調**介係詞片語時，可把「**介係詞片語**」移到**前面**並加個 **only** 放在「**句首**」，而此種寫法要用「**倒裝句**」的句型，即：**only** + 介係詞片語 + **助動詞** + 主詞 + **原形動詞**。

9. 因此，此句（**only** through our own efforts **can** we **get** what we want.）若不強調介係詞片語，則可改寫爲：We can get what we want **through our own efforts**.。

10. ... **what** we want:...（我們）自己想要的東西。這是一個「名詞子句」，在此是當及物動詞 get 的「受詞」。另外，此句也可改寫爲：... **the things which** we want。

11. One of my friends runs a fitness center.:我的一個朋友在經營一家健身中心。

12. **one** of + 所有格形容詞 + 複數名詞 + **單數**動詞：這是表示「（某人

的 ...）之一」的句型。**主詞**是 **one**，而「of + 所有格 + 複數名詞」是用來修飾前面代名詞 one 的「介係詞片語」，所以**動詞**要用**單數形**的。

13. 及物動詞 run 是「經營、管理」的意思。

14. He loves working out and has worked in a gym before.：他熱愛健身，而且之前曾在一家健身館上班。

15. love + Ving ...：love 加「動名詞」指的是「平常喜歡做 ...」。另外，Ving ...（包括動名詞與現在分詞）有「進行式」的意涵，所以是指「正在做、已經做、平常在做 ...」的意思。

16. work out 是「健身、鍛鍊身體」。

17. 副詞 **before** 是「之前、以前」，這個副詞是放在「**句尾**」，且通常是搭配「**完成式**」使用的。

18. He saved most of his salary and eagerly learned how to operate a gymnasium.：他存下了大部分的薪水，而且很熱切地學習如何經營一家健身館。

19. 代名詞 most 是「大部分、大多數」之意。

20. how to + v ...：「wh-疑問詞 + to + v ...」是「名詞片語」的結構，how to + v ... 是「如何 ...」，在此是當及物動詞 learn 的「受詞」。

21. 名詞 gymnasium 是「健身館、健身房」，其縮寫為 gym。

22. If he hadn't made those endeavors before, he wouldn't have his own business now.：如果他之前沒有付出那些努力，他現在就不會有自己的公司。

23. If he **hadn't made** ... before：**if** + **過去完成式**（**hadn't** + **PP**）是表示「與**過去事實相反**」的假設語氣，而副詞 before 要放在「句尾」與「完成式」搭配使用。

24. he **wouldn't have** ... now：**過去式助動詞 wouldn't** + **原形動詞**則

是表示「與**現在**事實相反」的假設語氣，而副詞 now 也說明「時間」是「現在」。另外，動詞 have 是「擁有」。而名詞 business 是「公司」，在此指的是前面提到的 a fitness center。

25. Second, those who can make money easily now must have put much effort into something worthwhile before.：二、那些現在能夠輕鬆賺錢的人，之前一定在某件值得付出的事情上下了很多苦心。

26. 此句（those **who can make money easily now** must have put ...）的句子「主詞」是 those，後面則是用一個「形容詞子句」（who ... now）來修飾先行詞 those，而句子的「動詞」是 must have put ...，「**助動詞 ＋ 完成式（have ＋ PP）**」則是表示「對**過去**事件的**推論**或**陳述**」。而這裡的 put 是個「過去分詞」（PP）。另外，句尾的時間副詞 before 是用來修飾前面的動詞 must have put 的。

27. something **worthwhile**：若是要用形容詞來修飾有 some- / no- / every- / any-等這些字眼的「**複合不定代名詞**」時，要將該「**形容詞**」放在「**後面**」。另外，形容詞 worthwhile 是「值得（花費時間、金錢）的、值得做的」之意。

28. A neighbor of mine made a huge fortune by renting out houses, so he could retire at the age of 50.：我的一個鄰居靠出租房子賺了一大筆錢，所以他可以在50歲時退休。

29. a neighbor of mine ...：我的一個鄰居 ...。「我的一個 ...」可以用 a ... of mine 的寫法。另外，此寫法的 of 後面要用「**所有格代名詞**」。例如：a teammate of yours（你的一個隊友）、two partners of ours（我們的兩個夥伴）、an employee of his（他的一個員工）、some patients of hers（她的一些病患）。

30. made a huge fortune by ...：靠 ... 賺了一大筆錢。by 是個「介係詞」，所以後面的動詞要改為「動名詞」。

31. 名詞 fortune 是「財產、大筆財富」。片語動詞 rent out 是「出租」。而 at the age of … 是「在 … 歲時」。

32. When he was young, he kept learning how to be a landlord and kept investing his money in real estate.：他在年輕時，就一直學習如何成為一個房東，而且一直投入資金到不動產中。

33. keep + Ving …：一直、持續不斷 …。動詞 keep 後面若要加動詞時，必須用「動名詞」。

34. If he hadn't devoted his time to learning real estate knowledge and hadn't put his money into those properties then, he wouldn't be a carefree landlord now.：如果他當時沒有把時間投入到學習不動產知識上、沒有把資金投入到那些房地產中，他現在就不會是個無憂無慮的房東了。

35. If he **hadn't devoted** … and **hadn't put** … then：**if** + **過去完成式**（**hadn't** + **PP**）是表示「與**過去事實相反**」的假設語氣，而副詞 then 也表示「時間」是「當時」。

36. devote … to + N / Ving …：將 … 奉獻給 …、把 … 投入到 …。

37. real estate 是「不動產」，property 是「房地產」，而這兩個字是同義字。

38. knowledge 是「知識」，這是個「不可數名詞」。

39. he **wouldn't be** … now：**過去式助動詞 wouldn't** + **原形動詞**則是表示「與**現在事實相反**」的假設語氣，而副詞 now 則是表示「時間」是「現在」。

40. 形容詞 carefree 是「無憂無慮的」。

壹、例題

1. 過了這個村，就沒這個店。

2. 有借有還，再借不難。

3. 哀莫大於心死。

4. 上天有好生之德。

5. 人不為己，天誅地滅。

6. 小不忍則亂大謀。

7. 寧可信其有，不可信其無。

8. 你不理財，財不理你。

貳、參考範文

1. 過了這個村,就沒這個店。

   Take it or leave it; it's now or never.

2. 有借有還,再借不難。

   Always return what you borrow on time, and it's not hard to borrow again next time.

3. 哀莫大於心死。

   Nothing is worse than despair.

4. 上天有好生之德。

   The gods in Heaven have the virtue of cherishing all lives.

5. 人不爲己，天誅地滅。

If we don't discipline ourselves, gods will punish us.

6. 小不忍則亂大謀。

Lack of patience in small matters will mess up the whole plan.

7. 寧可信其有，不可信其無。

It's better to trust and be prepared rather than doubt and regret.

8. 你不理財，財不理你。

If you neglect your money, your money will neglect you.

參、解析

（一）

1. 過了這個村，就沒這個店：Take it or leave it; it's now or never.。

2. 此諺語是用來提醒人們：機會難得，錯過不再。

3. 筆者在此用「兩句英文諺語」來詮釋「此句中文諺語」。另外，英文的「分號」可以用來「連接」兩個獨立的子句，但前後子句間的語意必須具有「邏輯」上的關聯性。

4. Take it or leave it.：要不要，隨便你，你已經別無選擇了。

5. It's now or never.：現在不做，以後就沒機會了。

（二）

1. 有借有還，再借不難：Always return what you borrow on time, and it's not hard to borrow again next time.。

2. 這句諺語是提醒人們：向別人借東西，一定要準時歸還，下次別人才願意再借我們東西，所以此句是在說明「信用」的重要性。

3. always 可以放在「祈使句」的前面，用來表示「一定要、務必要、千萬要 ...」的意思。

4. 在「祈使句」的後面，可以用「連接詞 and」來連接一個獨立子句，以表示他人所提的建議或勸告的「正面的結果」，所以這裡的 and 就是中文「那麼、這樣 ...」的意思。另外，如果祈使句後面的獨立子句是要表達「負面的結果」，那「對等連接詞」就要用 or（否則 ...）這個字。

5. 再者，也可以用「連接詞 if」引導一個從屬子句，所以此句可以改寫

爲：If you always return what you borrow on time, it's not hard to borrow again next time.。

6. 此句（what you borrow）是個「名詞子句」，在此是當及物動詞 return 的「受詞」。另外，介係詞片語 on time 在此的功能是當「副詞」，用來修飾前面的動詞 return。

7. 此句（… what you borrow）的 borrow 是「及物動詞」的用法，「受詞」就是前面的「複合關係代名詞 what」，但此句（… to borrow again）的 borrow 卻是「不及物動詞」的用法，所以後面無須接受詞。

（三）

1. 哀莫大於心死：Nothing is worse than despair.。

2. 這句諺語是指：最大的悲哀莫過於意志消沉、灰心喪志。因此，筆者用「沒有什麼事情比絕望更糟糕」來詮釋此諺語。

3. 名詞 despair 是「絕望」。

（四）

1. 上天有好生之德：The gods in Heaven have the virtue of cherishing all lives.。

2. 此諺語是指：天上的神明有珍惜所有生命的美德。這是一句用來「勸人爲善、不要任意殺生」的諺語。

3. 上天（的神明）…：The gods in Heaven …。

4. 好生：cherishing all lives。動詞 cherish 是「珍惜、愛護」，名詞 life 是「生命」，而筆者在此用 all lives 來表達「所有生物的生命」。

5. 美德：virtue。

（五）

1. 人不爲己，天誅地滅：If we don't discipline ourselves, gods will punish us.。

2. 這是一句被許多人誤解的諺語，此句的「爲」要念第二聲，是「修爲、修養」的意思，而「爲」在此句是名詞轉爲「動詞」的用法，所以此句諺語眞正的意思是在提醒人們：人如果不修爲自己，就會遭到天地神靈的懲罰。

3. 爲己：discipline ourselves。「爲己」是「修養、磨練自己」，所以在此用 discipline 這個動詞來譯，discipline 是「訓練、管教、控制、使 ... 有紀律」的意思。

4. 天誅地滅：gods will punish us。「天誅地滅」其實是「天地誅滅」的意思。「天地」指的是「天地間的神明」。而「誅滅」是「懲罰、處罰」的意思。因此，此句諺語其實與「人在做，天在看」、「善惡到頭終有報」等「勸人爲善」的諺語意涵相同。

（六）

1. 小不忍則亂大謀：Lack of patience in small matters will mess up the whole plan.。

2. 此句出自《論語》衛靈公篇，此諺語是提醒人們：如果對一些小問題缺乏耐心，就可能會破壞整個計畫。

3. 小（問題、事情）不忍 ...：Lack of patience in small matters ...。

4. 句子的「主詞」是 Lack … matters，lack 當「名詞」時，後面通常會跟著「介係詞 of」再加個「名詞」，所以片語 lack of ＋N 就是「缺乏 ...」的意思，且此片語放「句首」時，Lack 通常是「不可數名詞」的用法。

5. 另外，介係詞片語 in small matters 是修飾前面的名詞片語 Lack of

patience，所以在此處的功能是當「形容詞」。

6. 名詞 patience 是「耐心、耐性」。

7. 亂：mess up。mess up 這個片語動詞是「把 … 搞砸、破壞、毀掉」的意思。

8. 大謀：the whole plan。

（七）

1. 寧可信其有，不可信其無：It's better to trust and be prepared rather than doubt and regret.。

2. 此諺語是提醒人們：最好要相信別人說的事情是真的，並有所準備，也不要因為不相信而造成遺憾。這是勸人對任何可能的事都要做好準備，若是無法確定的事，不可武斷否定，以免後悔莫及。

3. 寧可 …：It's better to + v …。

4. … 信其有：… trust and be prepared。trust 在此是個「不及物動詞」，而 be prepared 是「做好準備」。

5. 不可 …：rather than …。rather than … 是「而不是 …」的意思，這個片語在此是個「連接詞」，所以其前後的詞性必須一致。然而，若在 and / or / but 和 than 等連接詞前面有不定詞 to 時，後面的不定詞 to 通常都會被省略，如此句的 and 和 rather than 後面，都是直接用原形動詞（ … to trust and **be** prepared rather than **doubt** and **regret**）。

6. … 信其無：… doubt and regret。筆者在此用「因為懷疑其不可信，結果後悔莫及」的意義來表達此句的意涵。

7. doubt 跟 regret 這兩個字在此也是「不及物動詞」的用法。

（八）

1. 你不理財，財不理你：If you neglect your money, your money will neglect you.。

2. 這句諺語是提醒人們：要懂得學習管理自己的財產，否則老了以後可能會窮困潦倒。

3. 動詞 neglect 是「忽略、疏忽、忘了做 ...」。

4. 以下是與「忽略」相關的動詞，說明如下：

（1）neglect (v)（指的是「應注意而**未注意**」。）疏忽、忘了做 ...。

（2）ignore (v)（指的是「明知卻**故意不理會**」。）忽視、不理會 ...。

5. 名詞 money 在此是「財產、財富」的意思。

英檢中級 / 高中英文 15

壹、例題

1. 勿以惡小而爲之，勿以善小而不爲。

2. 博觀而約取，厚積而薄發。

3. 久病床前無孝子。

4. 不孝有三，無後爲大。

5. 人生自古誰無死，留取丹心照汗青。

6. 國雖大，好戰必亡；天下雖安，忘戰必危。

7. 業精於勤，荒於嬉。行成於思，毀於隨。

8. 棲守道德者，寂寞一時；依阿權勢者，淒涼萬古。達人觀物外之
   物，思身後之身，寧受一時之寂寞，毋取萬古之淒涼。

貳、參考範文

1. 勿以惡小而為之，勿以善小而不為。

   Never do bad deeds nor refuse to do good deeds just because they are small.

2. 博觀而約取，厚積而薄發。

   Read books extensively but just grasp the essence precisely; accumulate knowledge abundantly but just show wisdom prudently.

3. 久病床前無孝子。

   Endless care for a bedridden parent may gradually sap a filial child's patience.

4. 不孝有三，無後為大。

   There are numerous unfilial acts, the worst one among which is non-fulfillment of an adult child's duty.

5. 人生自古誰無死，留取丹心照汗青。

   No one has ever escaped the fate of death since time immemorial, but my patriotism will shine in the pages of history forever.

6. 國雖大，好戰必亡；天下雖安，忘戰必危。

A country that always invades others must beget the result of being destroyed even if the country is powerful. Likewise, a country that neglects national defense construction must beget the danger of being invaded even if the world is peaceful.

7. 業精於勤，荒於嬉。行成於思，毀於隨。

Achievements can only be attained through diligence but must be hindered by amusements. Virtues can only be established through consideration but must be ruined by imprudence.

8. 棲守道德者，寂寞一時；依阿權勢者，淒涼萬古。達人觀物外之物，思身後之身，寧受一時之寂寞，毋取萬古之淒涼。

Those who hold firm to morality may be temporarily lonely, but those who intentionally build connections with dignitaries must be permanently despised. Wise people always value spiritual cultivation rather than worldly things and always think of their posthumous reputations rather than earthly glory. They would rather suffer from loneliness temporarily than be despised permanently.

參、解析

（一）

1. 勿以惡小而爲之，勿以善小而不爲：Never do bad deeds nor refuse to do good deeds just because they are small.。

2. 此句出自《三國志‧蜀書》，此句名言是提醒人們：善惡不分大小，只要是惡事，即使是小事也不能做；只要是善事，即使是小事也不要拒絕做。

3. 否定副詞 Never 加「祈使句」可以用來勸告人們「絕對不要做某事」。在此句是用 **never** 與連接詞 **nor** 搭配來連接兩個「祈使句」（Never **do** … nor **refuse** to …），以表示「絕對不要 …，也不要 …」的意思。

4. 當句子中有 because 這個連接詞且有 just 這個副詞，而前面有否定副詞時，則「該否定副詞」修飾的對象會是後面的 just because，這叫做「否定轉移」，而此句型翻譯成中文就是「不要只因爲 … 就 …」或「不是只因爲 … 而 …」的意思。

5. 因此，筆者若將英文的譯文再翻譯回中文，則此句的意思就是「絕對**不要**只因爲是小的壞事就**去做**，也**不要**只因爲是小的善事就**拒絕做**。」

6. refuse to + v … 是「拒絕做、不願意做 …」。

7. 複數代名詞 they 指涉的是前面的兩個複數名詞（bad deeds 跟 good deeds）。

（二）

1. 博觀而約取，厚積而薄發：Read books extensively but just grasp the essence precisely; accumulate knowledge abundantly but just show wisdom prudently.。

2. 此句出自宋代大文豪蘇軾的《稼說送張琥》，此句名言是提醒人們：讀書要博覽群書但只取其精華；積累了豐厚的學識後才謹慎地發表言論、展現智慧。

3. 博觀而約取，…：Read books extensively but just grasp the essence precisely; …。

4. 副詞 extensively 是「廣泛地」，在此是修飾前面的動詞 read。

5. 動詞 grasp 是「抓住、理解」，而名詞 essence 是「精華、精髓」。

6. 副詞 precisely 是「精準地」，在此是修飾前面的動詞 grasp。

7. 另外，在此用連接詞 but 來連接兩個「祈使句」（**Read** … but just **grasp** …）。

8. …，厚積而薄發：… ; accumulate knowledge abundantly but just show wisdom prudently。

9. 動詞 accumulate 是「累積」。

10. 副詞 abundantly 是「大量地」，在此是修飾前面的動詞 accumulate。

11. show wisdom 是「展現智慧」。

12. 副詞 prudently 是「謹慎地、精明地」，在此是修飾前面的動詞 show。

13. 另外，此句也是用連接詞 but 來連接兩個「祈使句」（**accumulate** … but just **show** …）。

(三)

1. 久病床前無孝子：Endless care for a bedridden parent may gradually sap a filial child's patience.。

2. 此諺語是在說明一種常見的社會現象：如果一個長輩長期臥病在床，無止境的照顧可能會漸漸消磨掉孝順子女的耐心。

3. Endless care for ... 是「對 ... 無止境的照顧」。

4. a bedridden parent 是「一個臥病在床的父親（或母親）」。而「臥病在床的」可以用 bedridden / bedfast 這兩個形容詞。

5.「消耗」可以用 sap / deplete 這兩個動詞。

6.「孝順的」可以用 filial / dutiful 這兩個形容詞。

(四)

1. 不孝有三，無後為大：There are numerous unfilial acts, the worst one among which is non-fulfillment of an adult child's duty.。

2. 此句是出自亞聖《孟子》（Mencius）的離婁上篇，但這也是一句被許多人誤解的諺語，而人們之所以會誤解，是因為漢代一位叫趙岐的學者在其所寫的《十三經注疏》中，自行闡述他對孟子這段話的理解，從而導致了千年來人們對這句話的誤解。因此，此諺語真正的意思應該是：不孝的表現有很多種，但以沒有盡到一個晚輩的責任最為嚴重。

3. 不孝有三，... ：There are numerous unfilial acts, ...。

4. 孟子在此句話的前後文中，並沒有說另外兩種不孝的行為是什麼。其實，此句中的「三」這個字應該是個表示「多數」的虛數，**而非真**正指三種不孝的行為。因此，筆者在此以「有很多種不孝的行為」來表達此句。

5. 形容詞 unfilial 是「不孝的」，而 un-是個表示「否定」意義的字首。另

外，「行為」可以用 act 或 deed 這兩個名詞來譯。

6. ...，無後為大：... , the worst one among which is non-fulfillment of an adult child's duty。

7. ... , the worst one among which is ...：這是一個「補述用法」的「形容詞子句」，所以在 the worst one among which 的前面要加個「逗號」，而關代 which 指的是前面的 numerous unfilial acts。所以整句指的是「... 而在這些不孝的行為中，最嚴重的一種就是 ...」。

8. 由於「**關代**」本來就兼具「**連接詞**」加「**代名詞**」的功能，所以有**關代**的**形容詞子句**就**不能**再用連接詞來連接了。然而，這是一種較難的寫法，所以此句（... , the worst one among which is ...）還可用較簡單的寫法來改寫為：... , **and** the worst one among **them** is ...。複數代名詞 them 指的也是 numerous unfilial acts。由此句也可以看出，這個子句中真正的「主詞」是 the worst **one**，所以「動詞」要用單數形的 is。

9. ... non-fulfillment of an adult child's duty：沒有盡到一個晚輩的責任。

10. 不可數名詞 non-fulfillment 是「不履行、未實現」的意思，而 non- 是個表示「否定」意義的字首，是「無、非、不 ...」之意。

11. an adult child's duty：前面的 unfilial acts 是「不孝的行為」，而若是談論「某人是否孝順」這句話時，所指涉的「對象」當然是「晚輩」，所以由前後文可以理解，此處的「成年子女」所指涉的就是「晚輩、後輩」。另外，此句的「責任」可以用 duty / responsibility 或 obligation 這三個名詞。

12. 以下是與「責任」相關的名詞，說明如下：

（1）duty (n)（指在「法律」上或發自內心認為在「道德」上應該盡到的）責任、本分、義務、（工作上的）職責、任務。

(2) responsibility (n)（指在道德上或對於其他人的）責任、（在「工作」上必須承擔且可能受到「責罰」的）責任、職責、（需獨自決定或確保某事必須成功的）責任。

(3) obligation (n)（指在道德上的或在法律上的）責任、（已在口頭上承諾或在合約上同意而必須遵守的）責任、義務。

（五）

1. 人生自古誰無死，留取丹心照汗青：No one has ever escaped the fate of death since time immemorial, but my patriotism will shine in the pages of history forever.。

2. 這是出自宋代的民族英雄文天祥的《過零丁洋》詩中的名言，此句的意思是：自古以來，沒有人能逃過死亡的命運，但我要留下一顆愛國的心在史冊裡閃耀，讓後世的人知道。

3. 人生自古誰無死，…：No one has ever escaped the fate of death since time immemorial, …。

4. escape the fate of …：逃離 … 的命運。

5. 介係詞片語 since time immemorial 是「自古以來」的意思，介係詞可以用 since 或 from，而形容詞 immemorial 是「古老的、無法追憶的」。另外，這個片語通常都是與「完成式」的時態搭配使用。

6. …，留取丹心照汗青：… , but my patriotism will shine in the pages of history forever。

7. 名詞 patriotism 是「愛國心」，而「丹心」是「忠誠的心」，即「愛國心」的意思。

8. 不及物動詞 shine 是「閃耀、發光、照耀」。另外，副詞 forever 修飾的是前面的動詞 shine。

9. in the pages of … 是「在 … 的頁面中」。不可數名詞 history 是「歷

史、史學」，而「汗青」就是「史冊」的意思。

（六）

1. 國雖大，好戰必亡；天下雖安，忘戰必危：A country that always invades others must beget the result of being destroyed even if the country is powerful. Likewise, a country that neglects national defense construction must beget the danger of being invaded even if the world is peaceful.。

2. 此諺語出自一部先秦時期的兵書《司馬法》，這句名言是提醒人們：即使一個國家很強大，但卻頻頻侵略他國，則必然招致被滅亡的結果。同樣地，即使天下太平，但一個國家忽略了戰備，則必然招致被侵略的危險。

3. 國雖大，好戰必亡；…：A country that always invades others must beget the result of being destroyed even if the country is powerful. …。

4. 國雖大 …：… even if the country is powerful。

5. 連接詞 even if … 是「即使 …、就算 …」。形容詞 powerful 是「強大的」。

6. 另外，中文重視「因果邏輯」，所以重點是後面的「好戰必亡」，但英文的譯文要將重點是放在句首（A country that … being destroyed），所以這兩個句子也是採用「逆譯法」的翻譯技巧。

7. 此句的 the country 指的就是前面的 A country，因為是再度提到同個名詞，所以在該名詞前要使用定冠詞 the。

8. … 好戰必亡：A country that always invades others must beget the result of being destroyed …。

9. that … others 是個「形容詞子句」，用來修飾句子的主詞 A country，句子的動詞是 must beget，而動詞 beget 是「招致、引起」的意思。

另外，複數代名詞 others 是 other countries 的意思。

10. 關代 that 在形容詞子句中當主詞，而形容詞子句的動詞則是 invade（侵略）。

11. 「亡」是指「滅亡（的結果）」，所以在此用 the result of being destroyed 來表達此意。

12. **be** destroyed 是「**被動**語態」的動詞片語，是「被摧毀、被消滅」的意思，但因為是放在「介係詞 of」的後面，所以 be 動詞要改為「動名詞」（be**ing** destroyed）。

13. …；天下雖安，忘戰必危：… . Likewise, a country that neglects national defense construction must beget the danger of being invaded even if the world is peaceful.。

14. 天下雖安 … : … even if the world is peaceful。

15. 另外，句首的「副詞」可用 Likewise 或 Similarly（同樣地），這是個用來對前後兩個相似的訊息表達「比較（comparison）」功能的「轉承詞」。

16. 「天下」在此指「世界」，所以用 the world 這個名詞來詮釋。

17. … 忘戰必危：a country that neglects national defense construction must beget the danger of being invaded …。

18. that … construction 是個「形容詞子句」，用來修飾先行詞 a country。

19. 「忘戰」是「忽略戰備的重要性」之意，而「戰備」就是指和平時期的各項「國防建設」（national defense construction）。

20. 「危」是指「（被侵略的）危險」，所以用 the danger of being invaded 來表達此意。

21. 另外，「危」在此句的語境中，可用 danger / risk / threat（危險、風險、威脅）這三個名詞來表達。

22. **be** invade**d** 是「**被動語態**」的動詞片語，是「被侵略、被入侵」的意思，但因為是放在「介係詞 of」的後面，所以 be 動詞要改為「動名詞」（be**ing** invaded）。

（七）

1. 業精於勤，荒於嬉。行成於思，毀於隨：Achievements can only be attained through diligence but must be hindered by amusements. Virtues can only be established through consideration but must be ruined by imprudence.。

2. 這句名言是出自唐代大文豪韓愈的《進學解》，此諺語是提醒人們：學業的成就只有透過勤奮不懈才能取得，但一定會受到貪圖享樂的阻礙。良好的德行只有透過深思熟慮才能建立，但一定會受到魯莽言行的破壞。

3. 業精於勤，荒於嬉：Achievements can only be attained through diligence but must be hindered by amusements.。

4. 業精於勤，…：Achievements can only be attained through diligence …。

5. 這裡的「業」是指「學業（的成就）」，但這句話也可用來勉勵「做事業的人」，所以在此用名詞 achievement 來指「（學業、事業的）成就」。

6. 「精」是指「精進」，在此用「成就只有透過勤勉才能取得」來表達此句，所以用 … can only be attained through diligence 來翻譯，而 **be** attain**ed** 是「**被動語態**」的動詞片語，動詞 attain 是「（通過努力而）獲得、達到、實現」的意思。

7. …，荒於嬉：… but must be hindered by amusements。此句的「主詞」也是前面的 Achievements，只是省略掉了。

8. 「荒」是指「廢棄」，在此用「成就必定會受到娛樂的阻礙」來表達此
   意，所以用 … must be hindered by amusements 來翻譯，而 **be
   hindered** 是「**被動**語態」的動詞片語，動詞 hinder 是「阻礙、妨礙」的
   意思。

9. 行成於思，毀於隨：Virtues can only be established through
   consideration but must be ruined by imprudence.。

10. 行成於思，…：Virtues can only be established through
    consideration …。

11. 這裡的「行」是指「良好的德行」，在此用名詞 Virtue 來表達。

12. 「成」是指「形成、養成、成就」，在此用「德行只有透過深思熟慮才
    能建立」來表達此意，所以用 … can only be established through
    consideration 來翻譯，而 **be** established 是「**被動**語態」的動詞片
    語，動詞 establish 是「建立」的意思。

13. …，毀於隨：… but must be ruined by imprudence。此句的「主詞」
    也是前面的 Virtues，只是省略掉了。另外，名詞 imprudence 是
    「魯莽、輕率（的言行）」。

14. 「毀」是指「破壞」，在此用「德行必定會受到魯莽言行的破壞」來表
    達此意，所以用 … must be ruined by imprudence 來翻譯，而 **be
    ruined** 是「**被動**語態」的動詞片語，動詞 ruin 是「毀壞、破壞」的意
    思。

（八）

1. 棲守道德者，寂寞一時；依阿權勢者，淒涼萬古。達人觀物外之
   物，思身後之身，寧受一時之寂寞，毋取萬古之淒涼：Those who
   hold firm to morality may be temporarily lonely, but those who
   intentionally build connections with dignitaries must be permanently

despised. Wise people always value spiritual cultivation rather than worldly things and always think of their posthumous reputations rather than earthly glory. They would rather suffer from loneliness temporarily than be despised permanently.。

2. 此句諺語出自明朝洪應明的《菜根譚》一書。此諺語是提醒人們：堅守道德準則的人，或許會感到短暫的寂寞；但刻意攀附權貴的人，卻必定會受到後人永遠的唾棄。通達事理的人重視的是精神的修養，而非塵世的東西；他們考量的是死後的名聲，而非世俗的榮耀。他們寧願遭受短暫的寂寞，也不要被永遠地唾棄。

3. 棲守道德者，寂寞一時；... ：Those who hold firm to morality may be temporarily lonely, ...。

4. 「棲守 ... 者」是指「堅守 ... 的人」，在此用 Those who hold firm to ... 來譯。而「... 的人」可以用 Those who ...。

5. who ... morality 是個「形容詞子句」，修飾的是句子的「主詞」Those，而句子的「動詞」是 may be ...。另外，副詞 temporarily 是「短暫地」之意。

6. hold firm to ... 是「堅持 ...（某種信念、原則等）」，而「堅定地、堅決地」可以用 firm / fast 這兩個「副詞」。

7. ... ；依阿權勢者，淒涼萬古：... , but those who intentionally build connections with dignitaries must be permanently despised。

8. 「依阿」是「依附、阿諛奉承、攀附」的意思，所以用 intentionally build connections with …（刻意建立與 … 的關係）來譯。

9. who ... dignitaries 是個「形容詞子句」，修飾句子的「主詞」those，而句子的「動詞」是 must be ...。另外，名詞 dignitary 是「高官、顯貴、位高權重的人士」。

10. 「淒涼」是指「被後世唾棄」之意，所以用 … be permanently despised

來譯，**be** despised 是「被動語態」的動詞片語，是「被鄙視、被唾棄」的意思。另外，副詞 permanently 是「永遠地」之意。

11. 達人觀物外之物，思身後之身，… : Wise people always value spiritual cultivation rather than worldly things and always think of their posthumous reputations rather than earthly glory. …。

12. 達人觀物外之物，… : Wise people always value spiritual cultivation rather than worldly things …。

13. 「達人」是指「通達事理的人、有智慧 / 遠見的人」，所以用 Wise people 來譯。「有智慧 / 遠見的」可以用 Wise / Insightful / sagacious 這三個「形容詞」。

14. 「觀物外之物」是指「重視的是物質以外的東西，也就是**精神的修養**，而不是塵世的東西」，所以用 … value spiritual cultivation rather than worldly things 來表達。

15. 動詞 value 是「重視、看重」。spiritual cultivation 是「精神的修養」。

16. rather than … 是「而不是 …」。

17. …，思身後之身，… : … and always think of their posthumous reputations rather than earthly glory. …。

18. 「思身後之身」是指「考量的是**死後的名聲**，而不是在世時的世俗榮耀」，所以用 … think of their posthumous reputations rather than earthly glory 來表達。另外，此句的「主詞」也是前面的 Wise people，只是省略掉了。

19. 動詞 think of是「想到、考慮、考量」。形容詞 posthumous 是「身後的、過世後的、死後的」。另外，形容詞 worldly 跟 earthly 是「同義字」，都是「世俗的、塵世的」之意。

20. earthly glory 是「世俗的榮耀」，glory 在此是個「不可數名詞」，是

「光榮、榮耀、榮譽」之意。

21. …，寧受一時之寂寞，毋取萬古之淒涼：… . They would rather suffer from loneliness temporarily than be despised permanently。

22. …，寧受一時之寂寞，…：… . They would rather suffer from loneliness temporarily …。

23. 此句（達人 … 淒涼）的中文句子比較長，在此用「分句法」的翻譯技巧將此句分為兩個句子並增譯主詞 They，所以複數代名詞 they 指涉的就是前面的複數名詞 wise people。

24. would rather 的 would 是「助動詞」，rather 是「副詞」，所以後面要接「原形動詞」，而片語 would rather … 是「寧願 …」的意思。

25. suffer from … 是「遭受 … 的痛苦」。

26. …，毋取萬古之淒涼：… than be despised permanently。

27. 連接詞 than 是「而不是」的意思，後面同樣也是接「原形動詞」。因此，此句型（S + would rather + 原 V … + than + 原 V …）是「寧願 … 而不願 …」的意思。

28. **be** despised 是「被動語態」的動詞片語，是「被唾棄、被鄙視」的意思。

斜槓作家教你翻譯與寫作2

作　者　林義修
發 行 人　張輝潭
出版發行　白象文化事業有限公司
　　　　　412台中市大里區科技路1號8樓之2（台中軟體園區）
　　　　　出版專線：（04）2496-5995　　傳真：（04）2496-9901
　　　　　401台中市東區和平街228巷44號（經銷部）
　　　　　購書專線：（04）2220-8589　　傳真：（04）2220-8505
專案主編　林榮威
出版編印　林榮威、陳逸儒、黃麗穎、水邊、陳婷婷、李婕
設計創意　張禮南、何佳諠
經紀企劃　張輝潭、徐錦淳、廖書湘
經銷推廣　李莉吟、莊博亞、劉育姍、林政泓
行銷宣傳　黃姿虹、沈若瑜
營運管理　林金郎、曾千熏
印　　刷　基盛印刷工場
初版一刷　2023 年 5 月
ＩＳＢＮ　978-626-7253-37-3
原價 350
特價 250